MPR出版物链码使用说明

本书中凡文字下方带有链码图标"===="的地方,均可通过"泛媒关联"的"扫一扫"功能,扫描链码获得对应的多媒体内容。
您可以通过扫描下方的二维码下载"泛媒关联"APP

我在江南惹了你

Wozai Jiangnan

Releni

王麟慧 著

经典美文系列／悟澹 主编

中山大学出版社
·广州·

版权所有　翻印必究

图书出版编目（CIP）数据

我在江南惹了你 / 王麟慧著．—广州：中山大学出版社，2019.8（2020.3 重印）。

（经典美文系列 / 悟澹主编）

ISBN 978-7-306-06554-4

Ⅰ. ①我… Ⅱ. ①王… Ⅲ. ①散文集－中国－当代 Ⅳ. ① I267

中国版本图书馆 CIP 数据核字（2019）第 010190 号

出 版 人	王天琪
策划编辑	曾育林
责任编辑	曾育林
封面设计	高堂设计工作室
装帧设计	
责任校对	高　洵
责任技编	黄少伟
出版发行	中山大学出版社
电　　话	编辑部 020-84111996，84113349，84111997，84110779 发行部 020-84111998，84111981，84111160
地　　址	广州市新港西路 135 号
邮　　编	510275　　传　真：020-84036565
网　　址	http://www.zsup.com.cn　　E-mail：zdcbs@mail.sysu.edu.cn
印 刷 者	广州一龙印刷有限公司
规　　格	880mm×1230mm　1/32　7.125 印张　180 千字
版次印次	2019 年 8 月第 1 版　2020 年 3 月第 2 次印刷
定　　价	40.00 元

如发现本书因印装质量影响阅读，请与出版社发行部联系调换

谨以此书，
献给我亲爱的妈妈！

母亲的遗产

(代 序)

2009年夏,我们全家,计公公、婆婆、妈妈和侄子,还有我和先生、儿子,老老少少7个人浩浩荡荡去了海南和西双版纳旅游。这是母亲唯一一次跟我们去那么远的地方。母亲一辈子没坐过飞机,却在那次旅游中一下子坐了5趟飞机。她那时已经耳背,只能我们到哪儿她到哪儿,有时候我们忘了招呼她,一转眼,她就不见了。这也应该是她一生中最快乐的日子吧!那年旅游回来没多久,她摔了一跤,腰椎骨折,虽然躺了两个多月站起来了,但是她原本患类风湿性关节炎的身体大不如从前,从此再没有机会出远门。母亲不会玩牌,不打麻将,因为长年失眠,连茶都不喝一口,而只喝白开水。除了干活,就知道想方设法省钱。即便后来我们生活条件改善,再不用为生活发愁,她依然惜物如金。家里的废弃物、旧报纸,她从不肯扔掉。我们一次次告诉她扔了那些废物,我们说我们的,她做她的,只是她在做这些的时候,避开了我们的视线,做得更隐蔽。她去世后,我们在她的柜子里发现了一个铁盒子,里面装了很多零

代 序

钱,数数竟有几百块,这得卖多少废品才能有啊。我纳闷那么多废品,她是怎么在我们眼皮底下处理得"来去无踪"的。想着她东藏西躲就怕我们扔掉废品,再看看那一堆皱巴巴的零钱,我突然明白,母亲是以她的行动告诉我们什么是坚持!

某天去朋友家玩,他母亲出来开门,见到儿子,老太太双手拉住儿子,说:"心肝,回来了?"我心说,这是什么样的母亲啊?当时真有些羡慕妒忌恨。记忆中,母亲好像从来没有亲昵地叫过我们,对几个子女更没有热情的肢体语言,连她最心爱的孙子,她也只是叫他的乳名"毛毛"。母亲从不开怀大笑,对于情感表露,她近乎吝啬。那年我高中毕业,然后赶着插队下乡,母亲送我到乡下。那天晚上她陪我住在村里,狭小的毛竹塌上,我睡这头她睡那头。晚上,她轻轻抚摸着我的双脚,这是我能感觉到的、她唯一的一次对我的温情,我想她是不舍女儿从此离开她的视线,独立生活吧!但是,以后家里的肉票和豆制品票,她都拿来买了肉和豆制品,做好菜送到乡下,仅供我一个人吃。"双抢"农忙季,她会让爸爸休了年假去乡下给我做饭。爸爸没空的时候,她会安排妹妹来乡下给我做饭。那年妹妹也不过十四五岁,灶头饭做不好,夹生,还常常被我埋怨,至今成了妹妹控诉我的"罪状"。

我一直以为,人来到世上,他的言行举止、生活态度、做人准则,也就是我们通常所说的世界观、人生观、价值观,都带着父母深深的烙印。尽管有些不那么表象。比如,有的父母大字不识,而孩子却可以成为"学霸"。很多人不解,这是遗传吗?是的。是父母骨子里的争强好胜成就了孩子的今天。我父母文化不高,父亲只念到初中就辍学了。他从在省城坐黄包车读书一下子沦为到乡下务农,这样的生活落差决定了父亲压抑的性格。而母亲,基本是文盲,但是他们对生活从来没有绝望,因为他们有爱。为了孩子,他们会一人兼做两份工,总是在努力改善生活,从来没有让我们姐弟忍饥挨饿。这种努力和坚持,他们从来不用语言和道理告诉我们,但我们从他们身上,无师自通地学会了对艰苦生活的忍耐和坚持。

我想起儿时,没有空调,我们就在衣裳街的弄堂里纳凉。每晚,小伙伴们轮流讲故事。讲着讲着,我们就在故事里幻想、做梦。我幻想着将来当个作家,给别人讲故事。这个梦想看起来很不自量力,但是,因为有了父母骨子里遗传的坚持,我至今还在往这条路上奔跑。虽然离成为一个作家的路还很远,但是,它就像北极光,虽然远在200多千米之外,不借助机器设备人眼是看不见的,但它的美丽和绚烂是存在的。为了这个梦想,我要感谢父母,感谢他们种植在我骨子里的坚强和忍耐,没有他们卑微的存在和善良的天性,就没有我作为一个写作者的今天。我知道,独立的人格,说真话,语言出自丹田,是写作的起码要求,所以,我告诉自己要常怀感恩之心,让写作成为一件温暖的事情,润泽世间。

妈妈,您知道这些,会不会开心地一笑?

谨以此书,献给我亲爱的妈妈!

目 录

一 走马观花

> 所有的遇见都是上苍的"预谋"。所以，哪怕泥泞中的一鞋雨水，都美若天仙、我心飞扬。

002　幸福是看一次北极光
022　于细微处见日本
038　鼻息之斯里兰卡
049　用眼睛拍星星
052　上苍的眼睛
056　加东农家乐
063　江南北国

我在江南惹了你

Wozai Jiangnan Releni

二 垂涎欲滴

所谓一吃解千愁，是因为有时候生活的美满很简单，就在那垂涎欲滴之间，也许是一只饺子，也许是你遇见了恰当的它。

070　上帝看得见
076　一碗饺子解乡愁
081　红袖无添香
083　小镇"慢"生活
086　"节"起美饰
089　"原"起端午

目 录 Mulu

三 乐在其中

因为喜欢，那些成了我生活一部分的快乐才如此贴心，虽然庸常，却让我活成了自己喜欢的样子。

094　独爱白兰花
100　在树上喝茶
103　回忆是首淡淡的歌
106　午后的流浪
111　做你的听众
114　你没来，我就懂了
118　女人剪发的心事
121　白"自得"
126　小溪要流向远方

四 寸草春晖

因为您的宠爱,我才可以将爱恨情仇任意挥洒;也因为上苍赋予的缘分,我才如此贪婪地渴求生生世世。

133　天堂不寂寞

142　信来之春

146　人间有味是平凡

153　舅舅的个性没有遗传好

158　你是用颜料做的吧

163　如果爱你们不是矫情就好了

169　马背上的女人

175　遇见南半球的你

181　还记得你当年的模样

目　录
Mulu

五　行思坐想

你在心灵的深处，被时间风干，一旦醒来，就是风暴中的不死鸟，在蓝天任意翱翔。

186　永根弟弟

190　咀嚼岁月的温情

193　永远的永金伯

197　打铁的岁月练就铁打的心

204　难忘根度

211　享受秘密

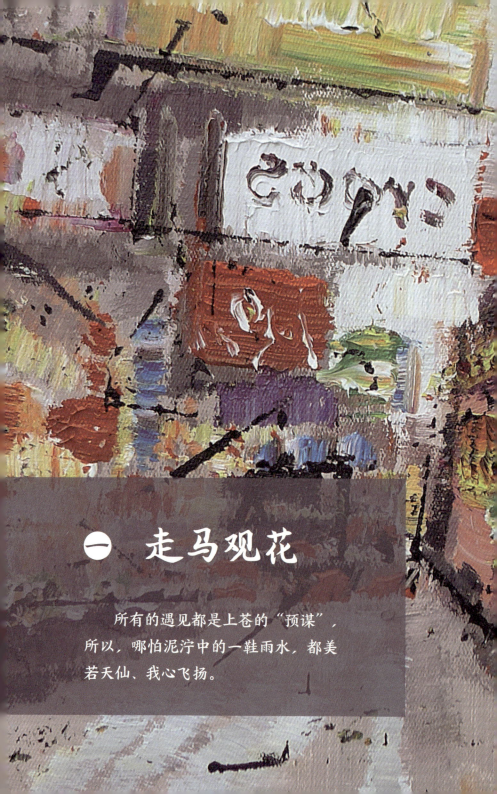

一 走马观花

所有的遇见都是上苍的"预谋",所以,哪怕泥泞中的一鞋雨水,都美若天仙、我心飞扬。

幸福是看一次北极光

2016年8月的某一天,我在微信朋友圈见到袁老师晒出了去冰岛看北极光的宣传图片,一幅幅北极光绚烂的图片,像子弹,我瞬间被击中了。记忆深处的某一根弦被轻轻地拨了一下,那一刻,我眼前浮现出多年前在东北的漠河,一个月高风清的夜晚,我跟两个美女裹着被子,傻傻等待北极光出现的情景,至今历历在目。

北极光是每个文艺青年的梦想,而对我来说,它们源于20世纪80年代女作家张抗抗写的中篇小说《北极光》。那个年代,作者正是柔软得长发及腰的年纪,她笔下的爱情,自然美得像梦。说真的,小说的具体情节忘了,只记得主人公的名字叫岑岑,一句经典的对话是:

"北极光,很美很美……"她重复说。"它有用吗?"舅舅笑起来,把大手放在她的头顶上,轻轻拍了一下。"有用,当然有。谁要是能见到它,谁就能得到幸福。懂吗?"

谁会拒绝这样的幸福呢?尽管幸福离我们那样遥远。

一 走马观花

我想起这是第一次体验北方的夜晚，即便夏天，依然凉快，到了后半夜，甚至是冷的。我跟两个美女一边聊着眼前的恋情，一边聊着天边的牛郎织女，等待着北极光。

东北的夏夜很特别，星星不是近得像抓一把就能拽在手里，也不是远得不着边际，它们正好在那里，像你倾心的爱人，在正确的时间、正确的地点，让你既遥不可及地想抓在手里，又近在咫尺地不敢靠近。而远方的云彩，她们像舞者，翩翩而来，又翩翩而去，蓝得清澈，澄得透明，粉得心颤，红得热烈，一句话，她们美如天仙。可是，我知道她们再美，也不是北极光。

现在想起来，那个夜晚虽然没有见到北极光，但是，过程很美，并不逊色于北极光。

而眼下，我再次遭遇北极光的诱惑，难道我要擦肩而过？更何况，还有袁老师等同行。

10 月长假一过，我踏上了北极之旅。

出　　发

看北极光是兴奋的，但旅途是辛苦的，我们先从湖州到上海浦东机场，约两个半小时，再从上海浦东机场飞丹麦的首都哥本哈根，历时 11 个多小时，漫漫旅途。幸亏我从机场买了一本书《这么慢，那么美》,正是讲述北欧人以慢博快、以简博繁、有舍方得的生活方式,有这么一本好书,就打发了10多个小时的旅程。

当飞机缓缓降落丹麦机场时,夜幕降临,汽车一路行驶,旁边的建筑影影绰绰,没有绚丽的灯光,我想起刚在飞机上看的书,那是在北欧生活了10多年的罗敷写的,她以自己的亲身经历,讲述她看到和经历的北欧。书中出现最多的字,就是眼前的景——简。

当地时间晚6点多,我们到达丹麦首都哥本哈根,宾馆很像民宿,干净舒适,夜幕下的哥本哈根显得特别宁静,沿途见一座又一座的咖啡馆,据说北欧人很环保,他们没有灯红酒绿的夜生活,没有卡拉OK,他们打发漫漫长夜的是一本书。除了工作,生活非常之简。工作之余,他们除了旅游,就喜欢在咖啡馆捧一本书,喝一杯咖啡。这被认为是极好的享受,从他们的城市建设、房子和街道,无不体现着从简。也许是路途劳累,一夜无话。

第二天,我们从哥本哈根机场飞往冰岛首都雷克雅未克,历时1个多小时。有了之前10多个小时的飞机行程,这1个多小时简直不是个事。没多久,飞机就降落了。

出冰岛雷克雅未克机场时,一场冰凉的大雨伺候,有朋友撑起伞想遮雨,伞顷刻被风吹翻,连人都被伞带走,果然是风之大国。导游说中国有句俗话"贵人出门风雨多",我就不自夸了,因为同车有30多个人,那么多贵人,我屁颠颠地就有点夸张。导游又说:

一 走马观花

"冰岛气候多变,你不喜欢下雨天气,过 5 分钟再说。"导游话音刚落,仿佛为配合他,老天果然立马放晴。沿途中遇见马,可惜车上拍不清楚。冰岛的马估计是全世界最纯正的马了,为保持品种纯正,冰岛送出去的母马,是永远不准回去的,那是怕母马带回不纯正的种子,影响血统的纯正。导游说了很多,我能记住的是冰岛土生土长的人的彪悍。据说冰岛没有军队,只有海岸护卫队敢跟英国人干仗,全因为冰岛在发现地热资源之前,只有海里的鱼类资源,为保护他们赖以生存的鱼类资源,冰岛人敢跟英国人干仗,有点我们湖州人说"硬头筋"的味道,喜欢就这样不请自来。导游还说冰岛的典型地貌是冻土带,看着上面的土是软的,其实一尺之下,就是冻土,所以植被不容易生长。冰岛人保护环境意识强,从不轻易踩踏草地,更别说在草地上停车了。冰岛是个严格按规章办事的民族,上下班的时间雷打不动。下班了,就是天大的事,也与我无关。到点上班按时下班,半点都不模糊。接我们的驾驶员,因为下班时间到了,就在半道交接班。于是,我们就看到这样的一幕:在一个半道的停车场,汽车停下,一个老帅哥下去,一个年轻帅哥上来,如此交接班,我们看到也是醉了。一路上,听导游慢慢说冰岛,心里想着坐上动力帆船以后的行程,美滋滋的。

火山和瀑布

冰岛是欧洲最西部的国家,位于北大西洋中部,靠近北极圈,

一 走马观花

冰川面积为 8000 平方千米，为欧洲第二大岛。全境 3/4 是海拔 400-800 米的高原，1/8 被冰川覆盖，有 100 多座火山，其中活火山 30 多座。华纳达尔斯赫努克火山为全国最高峰，海拔 2119 米。冰岛几乎整个国家都建立在火山岩石上，大部分土地不能开垦，是世界上温泉最多的国家。我们在冰岛也体验了泡温泉，虽然泡温泉的地方设施简陋，但温泉却货真价实。我们在汽车行驶途中数次看到彩虹，特别是在玛花顿湖，位于冰岛北部的一个火山区，近距离感受了丰富的地热从地上袅袅升起的样子，更看到了瀑布和彩虹一起的壮美景观。我们被此情此景震撼到了。

据说，因地热资源丰富，冰岛被称为冰火之国，也是美剧《权力的游戏》的拍摄地之一。其独特的景观，被称为世界尽头之美。

伦勃朗号

当天晚上，我们登上了伦勃朗号动力帆船。它最早航行在荷兰，如今的模样是经过改装的。相比可以容纳几百名游客的大型邮船来说，伦勃朗号因船身小，轻巧便利，更适合在岛屿中停靠和上下游客。导游说，这艘 20 世纪末建造的横帆船，当时主要是用来捕捞鲱鱼的。它在 1994 年被荷兰改造成三纵帆航海船，之后，一直在海上航行。2011 年，船公司对伦勃朗号进行了全新改造翻修，包括对通信和导航系统都进行了更新换代，既确保航行安全，同时也创造了更多近距离感受自然的机会。伦勃朗号全船可载33名客人，大家济济一船，像一家人，倒也自在。

我们一上船，首先被安排到甲板上上安全课，穿戴救生衣，熟悉逃生线路和方法，甚至立马演习。等演习完了我们进船舱，行李已经按前一天的住宿名单安排好并帮我们搬进了船舱。问题来了，我跟室友的行李已经在一个船舱了，可导游却让我跟另一个驴友住，因为已经熟悉了，我跟室友去找导游商量希望换在一起，却被告知要自己去商量，结果，室友的同舱不乐意，没办法，我们只好分开。我搬着沉重的行李来到另一个船舱，而另一件行李也被搬走。后来才知道，是室友的同舱要求交换的。在外面遇到这类事情，于我来讲还是有点不舒服，好在大家都好说话，虽然有感觉被别人挑选的别扭，还是逆来顺受了。直到旅游结束，我们在回国的机场待机，才发现我跟室友的行李上有编号，我们的号码是挨在一起的，也就是原本我们就是被分在一起的。我开了个玩笑说我们是被生生拆开的一对啊！那个拆开我们的人，口气之大，财气之粗，让我目瞪口呆。她在丹麦机场买了很多奢侈品，我担心她东西太多不好拿，她居然说出发前买的装备都扔在伦勃朗号上了。我不知道一向认为幸福的模式就是中国式勤俭的北欧人看了那一堆价值不菲的新东西做何感想，我只是觉得汗颜。因为我也是中国人。

我一直相信人和人之间是有缘分的。虽然我们被拆开了分住，但是天涯何处无芳草，很快，我跟后来的新驴友成了朋友。我们居

我在江南惹了你

住的船舱很像火车卧铺,进门就面对高低铺,同舱驴友好意,一进去就占了上铺,把方便的下铺留给了我。我看她年轻,也就当仁不让了。她见人就大哥大姐地叫,人很热情,让我一下子喜欢上了。后来聊天才知道,她比我年长,是个疯狂的摄影发烧友。瘦瘦的一个人,拿了两件大行李,大半都是摄影器材。她说,要趁现在还跑得动,走遍全世界。我除了佩服她,还有敬佩她。当天晚上,广播里通知,让大家安心睡觉,有北极光的时候会通知大家的。

伦勃朗号的船舱有上下两层,上面是活动区和餐厅,下面是卧室,每个卧室虽然狭小,却有独立的浴室,麻雀虽小,五脏俱全。楼上餐厅有7张桌子,每桌可坐6个人,中间一张桌子放4个盒子,分别盛放餐前和餐后的盆碗筷勺。这让我想起儿时居住的老房子,是一个大宅院,大厅里也放了六七张饭桌,大家在一个大厅里吃饭,每家每户吃什么都一目了然。这种扑面而来的"乡愁"让我一下子喜欢上了这里。我们第一次进餐厅,冰岛导游就通过中国导游告诉我们,用过的餐具放在什么地方,餐后的垃圾如何分类。导游说,船上供应自助餐,特别告知船上服务员少,每次吃饭自己动手,饭后要把用过的餐具按规矩放好。之前我在飞机上看书,已经了解到,北欧一流的大自然环境并非天然恩赐,曾经的他们也被垃圾侵害,是北欧人一代代的努力,甚至孩子从进幼儿园就开始被教育如何做垃圾分类,才有了今天的北欧这么环保的地方,冰岛自然不例外。一条航行在大海上的船能供应的自助餐,在我吃来真心不错,更妙的是,船上还供应上好的咖啡、牛奶和水果。没有风浪的时候,晚上在餐厅静静地喝杯咖啡,翻翻书,是家的感觉。我听说冰岛人特别爱咖啡,几乎家家都备有上好的咖啡,但是,咖啡馆是他们重要的社交场所,他们闲暇时喜欢去咖啡馆喝一杯,看看书,要的就是那种于喧闹中超然物外的感觉。我也曾听说我们湖州的星巴克店里,那些一杯咖啡、一台电脑的年轻人,大都是网络上的写作达人。看来,咖啡已经远不是一杯饮料那么简单了,由咖啡衍生出来的文化,已经在全世界大行其道。

北 极 光

"冰岛厚待我啊,到达动力帆船的第一个晚上,我就见到了北极光。可惜我没带相机三脚架,又没有经验,拍不出北极光的美景。好在团友里有很多摄影发烧友,借他们的照片分享。"

那天晚上,我迷迷糊糊听到英语播报,有限的几个英文单词不足于听懂全部内容,我就等中文广播,可是,等了一段时间,没有听到广播,却听到有零零碎碎的脚步声往外走,我忍不住也爬起来去看个究竟,却被告知,北极光出现了。

我瞪大眼睛,发现空中竟浮现出一道曼妙多姿的光弧。它的色彩极淡,恍若一束青丝蔓延至旷野天际,又或者如一条淡淡的白纱巾在空中飘舞,仅仅过了 1 个小时,它便如光似电般逝去了,只留下你对于它瞬息之美的无限遐想。那一刻,我才知道,所谓的极光,是高倍相机里的,它远在 200 多千米之外,不是肉眼能看到的。这一刻,我后悔为什么来之前没好好补上摄影那一课。情急之下,我想起带了望远镜,结果,依然是看不见。后来我在同伴的相机里看到了北极光的视频。她的美是惊艳的,让我一下子感到语言的贫乏和苍白。星星像飘落的雪花,也许它们也想分一瓢这样的极美吧,又或者是来遮挡极光的美,却被极光突然定格在空中,无能为力,就这样成了极光的陪衬,极光绿得鬼魅、红得意外、蓝得圣洁、紫得神秘、粉得狐媚,如仙女般列队、变化、聚拢、消失,自信满满又洋洋自得,它们不担心星星的遮挡,连带着星星,骄傲地扑进大海,在大海中仪态万千又心里暗暗得意:看把你美的,才不担心迷惑了你的心灵。

就像我曾经梦寐以求的,曾经在漠河的夏夜傻傻等待的。如今,它来了,似乎在远处召唤,而我的眼睛却不能走近她。是的,我有机会目睹绚烂的北极光。可它是远方的一抹淡淡的薄纱,藏起了所有的娇艳。我听说,极光因地球磁层和太阳的高能带电粒子流(太阳风)使高层大气分子结合而产生。它们常常出现于纬度靠近地磁极地区的上空,一般呈带状、弧状、幕状、放射状,这些形状有时稳定有时做连续性变化。后来查资料,知道极光产生的条件有三个:大气、磁场、高能带电粒子。这三者缺一不可。

我幸福吗?

是的,我是幸福的。来到北极的第一个夜晚,我就看到了北极光,

同船的 33 个人,很多人都在梦乡,我却激动地跑进跑出,一会手机,一会相机,一会望远镜,我享受了这个过程。那一刻,我才真正了解幸福不就是奔向心中渴望的那份不顾一切和奋勇向前吗?那个高倍的相机对我心里的北极光意味着什么?我似乎在那一天才真正懂得。我笑了,一部中篇小说能让我读 30 多年,这不就是幸福吗?如果仅仅为了饱眼福,我又何必万里迢迢去北极?网上有很多精美的照片,可以让我看到惊叫。

格里姆塞岛

第二天早上,在船上用过早餐,我们就上了格里姆塞岛。岛屿很小,面积约 5 平方千米,最高点海拔 105 米。跨北极圈两侧,是冰岛唯一位于北极圈内的领土,为冰岛最北居民点。我们上岛的时候,几乎没有见到什么人。据说,这里的居民以捕鱼为业。岛上没有树木,只有低植被覆盖,有沼泽地、草地、苔藓,岛上有许多鸟类,为数最多的是海雀,在悬崖峭壁飞行,甚为壮观。在岛上行走,我们不时发现很多蘑菇,它们像一把圆形的小伞,颜色竟然是黑褐色的,非常高端大气。这里最大的好处是没有喧嚣,不见人烟,如人间净土。面朝大海,由腐木搭起的长凳,让人联想起曾经有人在这望着大海,盼着他们的亲人归来。沿着格里姆塞岛往北徒步走上一段,我们看见两处大小不一的极圈标志。据说,一处是原先的标志,一处是地球转动以后新测量出来的北极圈标志,跨过这里就

一 走马观花

代表走进了北极圈。我们在这里拍照留念,感觉自己可以回去向朋友吹嘘一脚跨越北极圈的这头、一脚跨越北极圈的那头的骄傲。

也不知道是谁说,起风了,赶紧回船上吧,否则风浪会让人上不了船的。一听这个,我们赶紧往海边跑,等我们上了冲锋艇,海浪已经把我们的冲锋艇掀起了一丈多高,海浪如抛物一样,把冲锋艇上上下下地甩动,幸亏时间短,我紧紧拽着绳子,好不容易爬上了船。后面回来的人惨了,浪越来越高,几个年纪稍大的人,根本无法从冲锋艇上登上船只,后来还是船员勇猛,他们愣是抱着她们上了船。生平第一次在如此大的海浪中乘冲锋艇,没被吓傻,感觉自己是个英雄。

话说英雄回来总是气壮山河,感觉晕船的不适早已九霄云外了,想到从早上起床到中午,我就吃了一粒开胃的糖,立马感到饥肠辘辘。没想到等我拿起饭碗,刚吃一口,肚子又开始绞痛。我赶紧放下碗筷,灰溜溜地回到船舱,把脑袋交给床板。

胡萨维克

一早起来,发现船颠簸得厉害,瞬间头晕目眩,根本不能动,一动就吐,一吐就要拉,上厕所成了必要要做却相当困难的事,以前也有过晕船史,却没有这么厉害,此刻我天旋地转,上吐下泻,完全无法掌控。没有扶手,根本走不了路,于是只能头撞脚碰地进洗手间，到后来，我干脆躺下，让头紧紧贴着床板，同伴来看我们，睡上铺的驴友也说晕得厉害，她有气无力地叫着比她还小的同伴："大哥，帮我去餐厅拿点稀饭可好？"而我，不光头晕，肚子也绞痛，吃东西肯定免谈了，唯一的办法，是让脑袋紧贴床板。到了胡萨维克小镇码头，我撑着爬上了岸，也奇怪，一踏上陆地，我的头晕和肚子痛全好了。呜呼，这是上苍保佑我吧。

胡萨维克是一个小镇，人口不足 2000 人，之所以出名，是因为它的海域是国际公认的世界三大最佳观鲸点之一。

我们先去镇中心的胡萨维克教堂参观，这座完全由木头建造的教堂始建于 1707 年，是一座非常精美的建筑。接着，我们在小镇上闲逛，然后去小镇上的海洋博物馆参观。说博物馆，其实更像一个小型的陈列室，面积虽小却集展览馆、画廊和图书馆一身，甚至有明信片卖。我为喜欢集邮的朋友买明信片，问明了邮局地址，等我们好不容易找到邮局，却是一家小店，顺带着收发邮件，因为所有来往邮件，都是邮递员送来或者取走。

漫步在这座被一栋栋美丽小屋装饰着的城市,感受着它的宁静。在这里，看不到任何一幢高楼大厦，因常年刮风，整个群岛也看不到一棵天然树木。但是，它的静美，却击中了我们。原来生活可以如此简单。

因为晕船，我们临时决定改用汽车去看北极冰川。然而，因为

一 走马观花

北极的风，我们最终跟冰川擦肩而过。这样说吧，北极的风刮起来，风之大，是人根本无法正常行走的，我们必须弯着腰，像纤夫一样，斜着前行。即便这样，我们依然被吹得跟跟跄跄，如果力气不够大，基本上只能让身体飞了，无奈，只好乖乖坐进汽车。

汽车行驶途中，我们不时地被一一掠过的美景惊到。某次行驶途中，我们突然发现了北极光，大家激动地让司机赶紧停车，尽管这条道上不见人影，也没有其他汽车，但是驾驶员对我们的要求不为所动，不到停车的地方，绝对不乱停。那是我实地见证冰岛人的公共意识。在我们焦急的等待中，驾驶员终于将车停在了一块空地上。我们大呼小叫，在空地上架起机器，又跟北极光铆上了，自然又是一番欢呼。好在驾驶员和冰岛导游见怪不怪，任我们"兴风作浪"。

在冰岛，我们尤为体会到自然之美远远超出了我们的想象，即便地处偏远，依然有人享受着这里的安静和唯美并乐此不疲。远处，那些黄绿的茅草屋顶和黑木耳墙壁房子，跟大地融为一体，冰岛短暂的夏季，北大西洋的暖流吹绿了海上的一座座小岛，绽放出令人赞叹的美景，像大西洋上的千年花园。

冰岛无常的风云气候，决定了他们讲究环保的居住理念，房子的建设也要做到即使身处室内，也要呼吸到和大自然一样的新鲜空气和享受到在大自然里一样的舒适度。所以，他们的这些绿顶小屋，不仅让房子冬暖夏凉，还能抗击雨水和狂风，更具有和大自然

融为一体、充满纯朴特色的审美功能,它们的历史甚至可以追溯到1000多年前。

在梦幻般的北极光的映衬下,这些村落与天空中的云彩交相辉映,犹如画家笔下的油画,美到"无可救药"。

一辈子的学习精神

在冰岛旅游,除了看到了幸福的北极光,印象最深的是冰岛人的学习精神。

冰岛地广人稀,特殊的地理条件,漫长的极昼,让他们养成了很好的读书习惯。据一项权威调查显示,冰岛是人均读书量最高的国家之一。他们出门必带的东西是书。无论坐汽车还是坐火车,抑或在机场候机,都随时在看书,所以,在冰岛和丹麦机场,我们看到很多做得极其精巧的、被称为"口袋书"的书。它们在北欧大行其道,是为了方便随身携带,一有空闲就可以从口袋里掏出来读。

我们因为跟团旅游,不太有机会跟当地人接触,但在机场候机厅,还是能看到他们在读书,旁若无人,很少有我们在国内看到的人手一个手机的"低头族"。其实,一个爱阅读的民族,精神的快乐显而易见。

导游告诉我们,冰岛人开朗随性,他们很看重工作中的快乐,

一 走马观花

对他们来讲，工作不仅仅为挣钱，更多的是快乐，是体现自身价值。为了完成手上工作加班的情况，对他们来讲是不可思议的，所以，才会让我们撞见一踏上冰岛土地，就遭遇司机半道交接班的事。在我们看来匪夷所思的事，对他们而言是那么正常。在冰岛或者北欧人看来，一个人一辈子做一种工作是很难想象的。他们国家强有力的社会保障制度决定了他们不需要为基本生活费用操心。对他们来讲，工作是工作，休息是休息，必须严格分开。如我曾经在电视台工作，为赶一个"台庆"专题片，连续加班三天三夜的事情，在他们看来不是疯了就是痴了。现在回想起来，那次也真够疯狂的，连家里的先生都对我三天三夜不回家感到不解。我告诉先生，我已经先行回家了，还有编辑在做最后的结尾工作呢。先生不解：你到底做什么片子，需要三天三夜不回家？我告诉他，这是一个讲述电视台 20 周年的"台庆"专题片，大量的采访和后期制作及同期录音，还有领导不断的修改意见是我作为制片人加班的原因。那次先生还真不信，非要看看我究竟做了怎样的一个专题片，于是，我半夜 11 点多钟开了车带他到我工作的电视台，让正在做最后扫尾工作的同事给他播了一遍这个片子。后来，该片子播出时，先生还开玩笑说："你该在片尾的监制栏里打上我的名字，是我第一个帮你审片的。"这件往事至今提起，仍然觉得自己当年是够疯狂的，直接的后遗症是从此失眠。其实，我这种疯狂的工作状态在一些单位、有些人里是常态，是炫耀的资本。直到到了冰岛，了解了他们关于工作和生活的态度，我才感到国情的不同，观念的差距如此之大。

冰岛人的工作状态似乎跟我们提倡的"小车不倒只管推"的精神大相径庭。在他们看来,一辈子只做一种工作太无趣了,工作应该是快乐的,所以,一旦他们认为这个工作不合适自己,就立马"失业",政府的失业保险可以让他们有足够的时间去学习新的知识和新的技能,重新找到自己喜欢和擅长的工作,而绝不是为了追求工资无限制加班,或者在一个自己不喜欢的单位里苦熬日子。假如你在一个培训班里遇到60多岁甚至七八十岁的老人,一点不要惊奇,他们就是来学习的,这跟他们拿不拿退休金、有没有钱无关,实在是因为学习对他们来讲是件快乐的事,是能体现自身价值的事。我们以前总是误解北欧的高福利,认为他们是在养懒汉。真正了解了冰岛人,会发现冰岛人追求精神的快乐远远超出了我们的想象。

冰岛人爱读书,讲究生活情趣。工作之余,他们喜欢跟家人待在一起,旅游、运动、读书、喝咖啡,在他们的社交中,书的阅读量决定了他们社交的谈资。没有一定的阅读量,你在跟人聊天的时候就搭不上话,你就没有朋友。他们跟随自己的感觉走,怎么快乐怎么做。他们绝不会利用政府的高福利而让自己不劳而获,那被认为是一件耻辱的事。冰岛的高税收也让冰岛的中产阶层成为国家的大多数,无论你是干什么工作,无论你是不是有钱,大家在人格上是平等的,精神上是快乐的,尊严上是受保护的。最典型的一个例子,每年的圣诞节,商家会争相打折,哪怕是奢侈品牌,也打很高的折扣,好让普通人也有机会买点奢侈品过过瘾。

一 走马观花

冰岛人崇尚节俭，酷爱学习，热爱家庭，把生活情趣看得比生命还重要。他们绝不奢求物质而放弃精神需求，工作和休闲都有一个"度"，在这个"度"里面，享受最大的自由。他们快乐爽朗，开心了就笑，绝不掩饰自己的感受。这种精神上的快乐，正是我们所缺少的，我知道我国之于冰岛没有可比性，国情不同，观念自然迥异。但是，冰岛人爱读书的习性，他们对于物质享受的平和心态是值得我们学习的。

冰岛之游，如果说北极光给了我梦寐以求的幸福感，那么冰岛人精神上的快乐给了我心灵滋养，让我明白，我们除了物质享受，还有更丰富的精神快乐值得追求。

于细微处见日本

我以花的眼睛去看世界,世界便成了花。这是我在日本最深切的体会。

之前我对日本有偏见,朋友从日本回来,说了很多日本的好,我给的是白眼,心里很不屑。或许天意,两次朋友相约,办好了签证,却因为某些原因,均未能成行。但是,我自己感觉挺好,我把这些归结为顺从天意。其实,也不是真正意义的不去,某年跟朋友坐远洋轮旅游,途经日本冲绳岛,也算去了半天,首先觉得日本的营业员挺有礼貌非常亲切,其次就是干净,游轮上的集装箱上岸以后,先要在一个地方冲洗干净,才能进城。这半天的旅游,我没有把它算在去日本里头。直到有一天,一位作家朋友从日本回来,兴奋地说起日本,说起所见所闻,说起日本的卫生没有死角,作家的笔厉害,想不到嘴巴更厉害,我心动了,说了一句:"若你再去,我便去。"这有点追随的意思。说完这句话的1年之后,挑了不是旅游旺季的11月下旬,我们开始了日本之行。

一 走马观花

京都遇见你

2015年11月26日,我从日本京都东区的居住地出来散步,出门才发现,这个地方按我们国人的习惯,是不理想的居住地,因为正对着门的,是一家料理丧葬事物的会所。这是我们住下以后才发现的,要是知道对面有这样一个会所,预定时必定会犹豫半天吧?好在我们3个女人都属于汉子型,暂且安心住下,钥匙是自己取的,门自己开,像到了自己的家。

这是一幢带有小院落的日式房子,上下三层楼,我们居二楼的一个房间,一张大床和一个地铺。那几天我妹妹感冒,怕传染,只能睡地铺,像是来做客的,临时挤挤。很像我们小时候,家里来了客人,不是跟主人挤,就是睡地铺,所以没觉得不自在。

因为早,没有什么行人,偶有汽车经过,像安静的风一样滑过我们身边。说小巷,是因为感觉像我们国内的弄堂,因此,小巷的十字路口,连红绿灯都没有。

同伴是第二次来日本,她说日本是个没有乡愁的地方。我开始不理解这句话,及至后来看到很多似曾相识的街景,见识了很多相似的文化背景,才发现真正的乡愁,只跟你的心境有关。此刻,我们步行在干净整洁的小巷,就像走在儿时家乡的某一条小巷,清净宜人,空气清新,唯有上班族和背着书包的读书郎脚步匆匆,三三两两地行走在小巷里。这时,我远远发现,十字路口,有个老人在

一 走马观花

指挥交通,从他有点佝偻的背影和非专业的动作,知道他是业余的,我好奇地走近观察,发现凡过路的汽车司机,都自觉缓缓通过,并在车内向老人致意,有孩子上学经过,老人便示意过往车辆停下,用手护着孩子们通过。约半个小时后,我看他撸起袖子,看了一下手腕,然后缓缓离开。我猜是过了上下班或者上学的高峰期,老人是在义务指挥交通,因为这里没有红绿灯。望着老人远去的背影,我有点感动。我想起国内也有很多志愿者,他们多半为年轻人,因为有了媒体的宣传,广而告之,让我见怪不怪,而在这条小巷里发生的事情,又是一位老人,因为太平凡,太普通,却给我真正的震撼。

多年前,日本地震引发海啸,进而核泄漏,这是多么可怕的事。我们在紧张吃不吃日本海鲜和神户牛肉,电视里却报道日本老人成立敢死队,自愿申请去核污染最严重的地方清理残渣,理由是他们年纪大,死不足惜。要把生的希望留给更年轻的人,这就是日本的老人。当时,我就热泪盈眶。老有老相,仁爱慈祥。这需要怎样的文明,才能孕育这样百姓?感谢日本之行,让我"以花的心情看世界,世界便成了花的海洋"。

一见你就笑

一见你就笑。这是我在日本感觉最舒心的事情之一。

日本的公共交通非常发达,尽管日本的汽车业全世界领先,但大街上跑的,都是小排量、实用而不占地方的小车。即便在繁华的东京,也不见排起长龙的车队。后来知道,在日本购车有一项规定,没有停车位,是购不了车的。因为公共交通发达,日本人出行,都喜欢坐地铁和公交车,非常方便。我们去日本之前,朋友已经在网上订购了GR线通票,网上订购付款,到达目的地机场就可以取票,非常方便。无论火车、地铁还是公交,它像一张网,几乎通往日本的每个地方。只要有GR线,都能通用,所以,这次出行是我坐火车、地铁和公交车最多的一次,也因此看到了部分日本人生活的原生态。也更多地遇见了日本人的微笑,在我看来倾国倾城。

先说公交地铁,似乎是日本人上下班的首选,某个路段上下班高峰期,挤得简直像沙丁鱼罐头,但是,无论怎么挤,秩序还是有的,该排队还是排队。或许一些人天天挤有经验了,我们排队时,就遇见了一次高水平的挤车,车厢满,一个胖子想进去,试了试,摇摇头离开了。另一个偏瘦的,看看实在进不去,就在外面慢慢等,一旦汽笛响了,知道要关门了,那个人,会背朝里面,双手紧紧拉住头上的扶手,用屁股往里一顶,脚进去了,门擦着他的身体,艰难地关上了。随着火车驶离站台,我忍不住笑了,为了上班他也是拼了。想到我们有一首歌里唱的"爱拼才会赢",还真是。

这是高峰期的地铁,多数时候,地铁是宽敞而舒适的。

日本公交车的设计有多种,我们坐的那班公交车是从后门上、前门下,驾驶座前面有电子屏显示经过的站点和到站的票价。比较

一 走马观花

先进的是自动售票机可以自动找零。因为有很多"当用汉字",即便不懂日语,我们也能看个大概。我们带着笨重的行李,坐在公交车的最后排,目睹了公交车每下一个客人,司机都要道一声"ありがとうございます(谢谢)",一天下来,多少个站点,多少个班次,多少个乘客,就有多少个"谢谢"!我听说日本人多自律,他们不喜欢给别人添麻烦,那个说"谢谢"的人,也许昨天晚上还在居酒屋里借酒消愁,第二天一上班微笑和"谢谢"一点不打折扣。一天下来,几百上千次的"谢谢"毫不夸张。

在日本的大街小巷,我们看到很多大小不一的居酒屋散落其间。据说,日本男人下班后从不马上回家,而是喜欢去居酒屋,快乐或者郁闷都在那里释放,把不开心的事交给了酒。而面对家人和朋友,他们一律给予微笑。跟我们差不多时间去日本的我的侄子说,他在东京时,特意去居酒屋体验了,他跟他们像朋友一样聊天,知道日本人并不如我们想的那样关心政治,他们更多的是关心他们的生计。换句话说,他们的生存压力挺大,原因在于很多企业聘任终身制,只要年纪大的人在位置上不退,年轻人就晋升无望。创业难,是日本人的常态,加之在日本人讲究论资排辈,即便再无能的前辈,只要他比你先进单位,你就得尊他为老大,一旦你从"媳妇熬成了婆婆",也许,你这一辈子就过去了,所谓没有年轻就变老,说的就是这种现状。这种压力下,如果居酒屋不能排遣和释放,那就只有与这个世界告别了。我们在日本短短十几天,就碰到了一起铁路上的事故。当时我们被通知换乘线路,同伴就很有经验地说,又有人

卧轨自杀了。我问她为什么这么肯定，她说铁路上除了卧轨还能出什么事？可见这样的事在日本不少，大家见怪不怪，该换乘就换乘。我们在日本坐"的士"，司机都是六七十岁的老人，他们温文尔雅、彬彬有礼，微笑常挂在脸上，是城市里的一道别样风景。我听说日本很多企业实行时薪制，打临工的人不少，特别是日本人口严重老龄化，很多老人退休了都选择打临工，既打发时间，又增加收入，何乐而不为？

某天，我们在东茶屋街闲逛，遇雨躲避，见一家商店门口有个戒指，应该是谁掉了，被拾到者放这里的，等待它的主人。我惊奇于看见它的人，没有顺手牵羊，而把这当成景观，我想失主找到这里，看到它在这里，该是怎样的喜不自禁。我能想象到失主脸上的微笑，一定很美。戒指不是很值钱，但它所涵盖的意义，也许是无价的。无独有偶，我侄子在日本，先是不小心让护照飞进海里，接着就是皮夹和银行卡落在商场，结果，皮夹、银行卡都在，唯有掉在海里的护照，只有去中国大使馆补了。遇到侄子那样粗心的主，在日本，我也只能摇摇头微笑，因为结果的"大善"，微笑还是源自内心的。

某次，在火车站排队上厕所，看到墙上贴着纸条，大意是公共场所，厕所人多时，请自觉让给最需要的客人。这种体贴入微的如厕文化，也只有在日本看到。当我看到这些，瞬间眼眶很不争气地湿了。文明有时候起点很低，低到如张爱玲笔下的"遇见你我变得

很低很低,一直低到尘埃里去,但我的心是欢喜的,并且在那里开出一朵花来"。可谁能否认它所能体现出来的高度,能直达人的内心深处?还有一次上洗手间,也是排队,等我进去时,里面跟刚打扫过一样,抽纸都是折成三角形的,一定是先进去的那个人整理好的。我再木讷,也知道,只有日本女人才会这样细心周到。我这样说,并不是贬低国人,而是承认文化背景不同造就的差异。说实在的,出国前为了方便,我特意带了很多纸巾,结果,在日本,哪里都有纸巾和手纸,我怎么背出去的,只好又沉沉地背回来。我们在很多地方参观是需要换鞋的,如果是前门进后门出,门口必定会给你一个塑料袋,里面装上自己的鞋,到了出口,即可换上,更多的时候,是给你准备了拖鞋和放自己鞋子的地方,而且,给拖鞋时,必定是头朝前方的,方便穿着。

真正的上帝是处处平等

我们常常说顾客是上帝。的确,住日本民宿,我想,即便是上帝受到的招待,也不过如此。

在日本金泽郊区,我们入住日本民宿——原汤石屋。我们一下公交车,家的感觉扑面而来,感觉跟德清的莫干山很像。同去的曾子航老师前段时间才到过莫干山,他说这不是德清的莫干山吗?话音没落,一个瘦小的服务员就迎了出来,亲切地给我们递鞋,然后把我们换下来的鞋放好。那周到的服务简直可以跟星级酒店媲美。我们还没有从惊喜中回过神来，一杯茶水已经送到了手上。待我们喝过茶，服务员已经帮我们把笨重的行李搬上楼，并且在门口候着我们了。这种应该是五星级酒店的服务，却让我们在一个乡村的农家小院里享受到了。

二楼的一个房间，是我们的起居室，进门是过道，过道旁是厕所，里面两个房间，既可独立又可合成大间。阳台上配备了冰箱和保险箱，就跟我们在日本电影里看到的房间一样。从阳台看出去，楼下是盆景般小巧的花园，远处是公路。偶尔有车经过，提醒我们这里是有人间烟火气息的而非仙境。房间的地板由草席铺就，脚踏上去舒坦极了。一边是整套的日式茶具和茶叶，一边是日式小桌子，供大家喝茶看书用。

这里虽然是民宿，设施却丝毫不落后，并且相当齐全，里面餐饮、小卖部、书吧、咖啡屋一应齐全。当然，最大的特色是"原汤"，也就是日本著名的温泉。我们在原汤石屋享受了日本最地道的晚餐，稍作休息，就去泡温泉了。

日本的温泉特别干净，原因是它要求每个泡温泉的人，都必须洗干净后才能下水。这让我想起在国内泡温泉，是变相的温泉游泳池，都穿着泳衣，可以游泳。在日本泡温泉，讲究的是裸泡。在那样的环境里，没有扭扭捏捏，我们很自然地入乡随俗，把自己洗干净了，用毛巾裹住头发，才浸到温泉池里去慢慢体会那被温柔裹挟的惬意。

快乐的时间总是很短,要告别这家住了两天的"原汤石屋",我们恋恋不舍。原汁原味的日本料理,周到温馨的服务,一流的温泉,还有服务员谦恭的步履和微笑,都让我们体会到什么叫宾至如归。我们要离开了,还是那个瘦小的服务员帮我们把笨重的行李搬到楼下,再搬上汽车,甚至上车检查我们的行李是否安置妥当。告别时,我们要求跟他合影,他露出很惊讶的表情,却很乐意地跟我们合影。于他而言可能是工作,在我们看来却是遇见难得周到的服务。汽车缓缓移动,他和另一个服务员微笑着频频挥手,我望着他们渐渐缩小的身影,心里说:"谢谢了,带走了你们的情意,也带走了你们的微笑,让这些滋润我们以后的每天每时每刻。"

像他们一样爱自己的生存环境

在日本的那些天,我们不需要提醒,都会自觉地走斑马线,不闯红灯。在马路上,我们手里即便哪怕有一张糖纸,都不会随地乱扔,而是把它放在自己的包里。我相信这是环境造就人。

某次,我们打的,我在汽车上看到一个骑自行车的人,手里有个塑料袋,他常常停下自行车,捡起路边的垃圾。我说的垃圾,或许是烟蒂,或许是果壳,看不清楚,基本上属于可以忽略不计的那种,可是,就有人那么认真地捡,不知道是专职还是义工。总

一 走马观花

之，这样的认真，我只能归结于他对生存环境的爱。谁不爱自己的家乡？只是爱的方式有很多种，而他，选择了更质朴也更直接的方式。在日本的任何地方，除非斑马线，我们看不到横穿马路的人，更听不到汽笛响。地铁里的人行电梯，大家都自觉站在一边，留出过道，给那些急于赶路的人。

在日本，你无论走到哪里，干净得几乎没有死角，但东京这样的大城市，因为外来人口多，相对还有一些地方存在一些垃圾。所以，在那样干净的地方，垃圾好像没有去处。我想起曾经有位作家说过垃圾的最好去处是没有垃圾。如果我们能自觉不自觉地维护我们赖以生存的环境，那么，相同或者相似文化背景下的我们，是不是也可以像他们那样，天天在惬意的环境中生活？后来听说，在日本，垃圾分类细致到10多种，因此，每天都只能按规定扔固定品种的垃圾。大件的垃圾，只有在固定的时段和固定的地点才能扔。同伴的行李箱坏了，要买一个新的，可是旧的行李箱怎么办？后来跟店家商量，在他们店里买箱子，但是旧箱子要委托营业员帮忙扔。

注定不同寻常的一个下午

在日本，无论你走到哪里，见到谁，都是一张笑脸。沐浴在这样一个笑的海洋里，你不笑都难。我感觉此生第一次笑得那么多。大街上，电梯里逢人便笑，见人就微微咧嘴，到后来，这种微笑

成了习惯,觉得微笑挺好的,不仅亲切还让人身心愉悦,笑着笑着,连自己也忍不住从内心洋溢出来微笑。微笑让人心情如此美好。可是,这样的微笑的表情,等我离开机场的时候,僵住了。

我们此去日本,是由上海到大阪,再从大阪到北海道,然后直接从北海道回国。在办理登机手续时,我们突然被告知没有我们几个的人登机信息,我们一听便傻眼了。这意味着我们将无法回国。这可怎么了得,我们的签证就到当天,如果回不去,那就是非法滞留,这是"开国际玩笑"吧!我们拼命打国内携程电话,可是电话不通。这个时候,我即便再淡定,也做不到"面不改色心不跳"了。我们急得在值机柜台前打转,不知道怎么办。还是那两个值机员安慰我们,让我们不要着急,她们去查我们的信息。后来,她们把查到的我们的信息打印出来给我们看。天哪,除了我一个人的信息是完整的,其他两个人的信息不是没有,就是有小差错。我不停地在问自己"怎么办、怎么办啊",后来,还是值机员来安慰我们,让我们不要急,她去请示领导。过了一会,她过来对我们说如果我们愿意签署承诺书,承诺万一发生意外由我们自己承担责任,就让我们登机。她一说,我们当然同意了,我们欢呼起来,只要能登上回国的飞机,我们甘愿负任何责任。这才开始办行李托运。哪知我们的行李超重了1千克左右,意味着我们每个人要交1000元人民币的行李超重费。相比刚才的有惊无险,超就超吧,登机还来不及呢,我们把银行卡交给了值机员。可是值机员说服我们:"每个人可以带两件行李的,每件不超过23千克。你们每个人只有一件行李,

一 走马观花

只要另一件不超过23千克，都可以免费托运的。"她建议我们打开行李，分出一部分，就可以啦。可时间实在太紧张了，我们还是选择付钱，这时候，其中的一个值机员从柜台里面给了我们两个纸箱，感动之余，我们最终决定不负她们的好意，打开行李箱分行李，我记得我是心急火燎地打开行李箱，拿出一件衣服和一只鞋，一称，23.4千克，就让我们过了。其他两位同伴也是这样把一件行李分成两件，最终得以顺利过关。我记得在我们分行李的时候，值机员又及时给了我们粘胶带。这是在值机柜台啊，不是行李打包处，这种及时雨般的帮助，让我有种难言的感动和温暖。来不及好好道一声感谢，我们奔跑着赶去登机，总算没有耽误时间。

等我们登上飞机，回忆整个过程，真是为自己捏了一把汗。可惜，因为这个插曲，我已经填好了信息，想要邮寄的明信片没来得及寄；想要买些日本土特产带给朋友尝尝，结果什么都来不及买；还有，想给自己买些免税的化妆品，也没能如愿。种种遗憾，要怪罪的只有"携程"，当然，以不给他人添麻烦为前提思考，我们也是有责任的，如果当初能提前打印机票，也不至于这样被动，这样一想，心态也慢慢平和。仔细想想，出门在外，遇到困难在所难免，如果我们都有一颗替别人分忧的心，困难就是财富，磨难就是成长。就在我写这篇文章的时候，央视也在报道携程机票信息紊乱的问题，可见，携程的管理也该好好整顿了。我们运气好，因为携程的失误，让我们领会了日本民众的素质，从这个意义来说，我们好像又该感谢携程。更要感谢的是上苍，她给了我一颗"花心"，

一 走马观花

让世界成了花的海洋。和没有实现的愿望比，我们的收获更珍贵。

回想起来，于细微处见日本，无微不至是第一。当然，几天时间看日本，要很全面客观是妄想，从寻常日本人的脸上，我不可能看到他们真实的内心。大千世界，泛泛而交，擦肩而过不计其数，内心似乎不再那么重要。我想起某次在一个商场帮朋友买染发剂，因为语言障碍，我们的沟通很累，结果，她们去找来一个学生模样的女孩，她略懂中文，原来，半年前她才从中国山东读书回来，她带着我们寻找我们需要的物品，然后告诉我，这是家新店，顾客很少，今天看到我们来很亲切，正说着，朋友给我发微信，大意是要客观对待历史，把战争狂人跟爱好和平的百姓分开，向往美好，向往和平。我把这条微信给那个女孩看了，她兴奋得马上翻译给她的同伴听，两个女孩当场高兴得跳起来欢呼，那一瞬间，我热泪盈眶，这种心与心的相近，已经无须用语言去表达了。尽管我们隔着一个时代曾经刻入骨髓的国恨家仇，但是，我愿意相信我们的心都是同样向往美好的。唯其如此，活着才有意义！

鼻息之斯里兰卡

从飞机上的窗口俯视斯里兰卡,绿绒毯上点缀的建筑,安详得像个贵妇,端庄美丽。它让你想到大象的鼻息,它们来之天地间,带着斯里兰卡的芬芳,带着人间最弥足珍贵的沟通愿望,与你亲近。

40 摄氏度微笑

走出机场,迎面就见微笑的斯里兰卡人,他们彬彬有礼,用中文向我们问好。可能是偏见,我总感觉这种微笑跟我在欧洲遇见的微笑不尽相同,是温暖的。

也见过欧洲人热情洋溢的笑,简直可以燃烧你,可深究起来,那种笑是拒你于千里之外的。至今我还能清晰记起曾经的欧洲之旅,全程就一个德国司机,他认真敬业,每到一个地方,总是帮我们把行李搬上搬下,工作范围内的事一丝不苟。尤其是驾驶技术,绝对一流,整个行程,几乎不见紧急刹车。我们下车拍照,他会在车旁

一 走马观花

吸电子烟。十几天下来，他没有跟我们说过一句话，或许他讷言，或者他根本不想跟我们说话，即便游程结束，我们向他表示感谢，拍手致意，他头都没回，我不知道是导游没有翻译还是什么原因，就是感觉他对我们彬彬有礼却拒我们于千里之外。

这样说我绝没有怪罪他们的意思。占全世界 1/5 人口的中国人，实在太多了，多到他们应付不过来。我也不忍心谴责国人在国外旁若无人地高声说话、不走人行道等陋习，因为有时候我也情不自禁，或者正确的说法是随波逐流，这种深埋在骨子里的陋习，跟我们如影随形,焉能一下子改掉呢？但斯里兰卡人的笑真的让你感到坦然，并且发自肺腑。

我们的司机在一个斜坡遇到障碍，路人二话没说，直接上前搬石头垫车轮，正忙碌，旁边经过的几个，又自动加入到帮助的行列之中。直到我们的车开出道路凹陷处，他们还在挥手致意。

我们在海龟养殖场参观，驾驶员和导游看到有老人在弹奏乐器，马上加入，为我们奏起欢乐的乐曲。这种深埋在骨子里的性情，让我感到真正的快乐跟物质无关。

其实，人与人之间的感觉，凭借的就是一口气，对上了，感觉不期而至。斯里兰卡是个全民信教的国家，这个国家 70% 的人信奉佛教。他们的国花就是出淤泥而不染的荷花。我敬佩博大精深的佛教文化，它崇尚的是与人为善和面对矛盾、挫折的通达圆融，是

再高深的哲学也做不到的，这是信仰的力量。信仰是个好东西，它让人有敬畏之心。而这样的敬畏会指导我们在迷惘的时候有清醒的头脑，做出正确的判断。

我喜欢斯里兰卡人的笑，就像喜欢自己一直追求的内心平静。它们不温不火，40摄氏度正好！

斯里兰卡大树

斯里兰卡最让人心生欢喜的是树。百年以上的树不计其数，站在路边，奇形怪状，美轮美奂。车行十几米，就有一棵百年大树甚至几百上千年的大树。与此对照的是公路，实在不敢恭维。我们经常遇到两辆车交汇，一辆车必须等另一辆车通过。驾驶员车技了得，道路拥挤的时候，不慌不忙，该等的时候等，该挤的时候挤，与交汇的车绝对的相看两不厌。

小时候听老辈人讲，100年以上的树成精了，不能随便碰，所谓"举头三尺有神灵"。这说的就是人的敬畏之心。想来任何东西，假以时间，都成了宝贝。这又跟收藏搭上了边。

如果用一个句子形容斯里兰卡的树和路，可以用我们小时候说的"一分为二"、老一辈说的"乖一半，呆一半"和现在时兴的"双刃剑"来形容，简直神了。斯里兰卡的路需要拓宽，路的保护神树却要遭殃，树得以保护，路却无法拓宽。

我喜欢那些树，粗壮稳健，大风和暴雨也不能把它们怎么样，人们甚至可以在树上建房子居住，一定冬暖夏凉，要不然也没有那么多古树了。想到高速发展的中国，下辈子的资源已然用上了，人们见到如此多百年以上大树，估计眼睛会滴出血来。我们行驶在路上，不用多久，大型木雕建筑、小木屋等纷纷林立。

我想到我们从小学课本里学到的"中国地大物博"，但是现在我们的人均资源很不乐观。

在斯里兰卡旅游，有一段路像是行驶在原始森林公园，汽车穿行在百米高的大树间。车窗外，那些树在风的伴奏下低声吟唱，像掠过耳际的老年合唱团，恍惚间"有猴子"的呼喊声把我惊醒，只见有猴子立在高处的电线上，它们依次而立，何等自在。等我反应过来，拿出手机拍摄，可惜只拍到了一只，独独地站在电线杆上，高傲地、旁若无人地站在那里，宠辱不惊。此情此景，我也是醉了。

斯里兰卡火车

斯里兰卡火车大概是世界上独一无二的吧，它有门但不用，使它看起来更像公共汽车，到站即停，上下方便。为了真实感受斯里兰卡的交通，旅行社安排了我们坐火车，说是沿着印度洋海边飞驰，

一 走马观花

全新的体验。

火车站简陋，停站时有拿着乐器上来卖唱的，边弹边唱，水平不差，让我们团的李总经理情不自禁地随着歌声跳起舞来。原来知道李总经理唱歌了得，美声拉起来是专业水平，但没想到她的舞姿也如此优美。火车上没有空调，它更像个干净的老人，走起来有点力不从心，有些路段还像海绵体一样弹跳，一愣一愣的。更有一些路段，几乎是擦着简陋的屋子摇摇晃晃地开过去，我不知道住在房子里的人怎么忍受得了火车的轰鸣。

火车一站又一站地停，乘客上上下下，不时会有拿着乐器的乞丐上车。其间有对母女上来乞讨，女孩特别漂亮，我们中有人想"贿赂"她，跟她合影，她就是不同意，换了另一位帅哥跟她合影，她欣然接受了，孩子察言观色的本事生长于骨髓之中，我们只能报以大笑，倒也相安无事。在斯里兰卡的火车上乞讨很像买卖，你卖你的，我买我的，高兴了给点小钱，不高兴就视而不见。一段旅程，一个多小时，火车到站，我们的大巴车也到了，愉快的火车之旅也随之结束了。

虽然火车上没有空调，其实坐火车还是很凉快的，火车一动，风便随之而来，特别是宽阔的海边地段，海风拂面，心旷神怡。

难得一次坐斯里兰卡火车，不能真正体验斯里兰卡百姓的交通，但我们至少看到了他们某一面的世俗生活，感觉其实快乐跟物质关系不大，只要拥有一颗感受美好的心，快乐总能不期而至。

大象孤儿院

大象孤儿院始建于 20 世纪 70 年代，当时只有五头大象，应该收留的是大象孤儿，名字也是由此而来，不过，目前已经发展到七八十头了。对于野生大象而言，眼下这个时代是一个充斥着悲伤和各种危险的时代。大象是地球上非常古老的一种动物，它们总能依靠着惊人的记忆力在自己的领土上往返迁徙。如今，它们的领土不断被人类蚕食，而它们自己也面临着被人类猎杀的危险。一份 1979 年的调查报告显示，当时整个非洲的大象约有 130 万头，而如今只剩下 50 万头；亚洲的大象更少，4 万头都不到。然而，即使大象的数量在不断减少，人类和它们的冲突仍然在加剧。在非洲，当地村民和大象的冲突几乎每天都在发生。

在这种情况下，无家可归的大象孤儿愈发引起人们的重视，大象孤儿院也应运而生。1975 年，斯里兰卡野生动物局为无家可归的幼象修建了世界上第一所"大象孤儿院"。主要收养那些无家可归、掉入深坑或陷阱、脱离象群，尤其是身受重伤或身患疾病的幼象。建院以来，入选"大象孤儿院"的幼象范围不断扩大，那些掉入陷阱受重伤的、脱离群体迷途的、因战火负伤的及患病的幼象都有资格住进大象孤儿院。生活在这里的大象均受到精心的照顾。为

减轻政府财政负担，大象孤儿院定时向游人开放，一些经过训练的大象还会表演节目，以吸引游人募捐。"大象孤儿院"里，游人可自由地给大象喂食，与这些庞然大物进行零距离接触。现在大象孤儿院已经成为游客必去的著名景点，招牌看点是可以看到成群结队的大象狂奔到河边洗澡。

我们几乎看不到这些象的象牙，原因是亚洲象只有雄象才有象牙，而雄象中也只有7%才有象牙，可见象牙之少。旅行社安排的时间很紧凑，让我们利用中午吃饭时间看大象，一边等饭菜，一边看大象们在水中嬉戏，想起前些日子央视播出中国加入保护野生动物协会，承诺不经营象牙和象牙制品，从法律上规定了象牙买卖的不合法。听到这个消息，我为人类的朋友大象高兴，内心窃喜，但是也惭愧，因自己曾经买过大象饰品，如今这些饰品让我感觉湿手捏干面，弃之不舍，用之不能，只能放在家里当藏品，留着以后跟孩子们讲讲大象的故事。

斯里兰卡宝石与红茶

斯里兰卡有世界上最好的蓝宝石和最好的红茶，这是我出发前就知道的，到了斯里兰卡，自然不能错过，好在旅游中有这个安排。

那天中午，导游把我们带到一家商店，里面的陈设有点像我们这里的茶室，一进去，自然是品茶。果然不错，没有浓香，却有淡

一 走马观花

淡的涩，回味微甜，跟我在家里喝到的正山小种有点相像，一问价钱，比国内便宜许多，心就痒痒的。

斯里兰卡红茶又称锡兰红茶，是因为斯里兰卡的旧称是锡兰。之前只知道斯里兰卡红茶好喝，却不知道什么品牌为最佳，不懂英语的我，只能瞎转悠。因为大家都要买，多数人不懂品牌，导游忙不过来，我就只好先去看宝石了。

斯里兰卡的蓝宝石确实不错，但是价格不菲，很多只能看看无从下手。为了不留遗憾，我还是买了托帕石和紫水晶，即便这样，还是花去不少美元。中国人讲究"穷家富路"，看到好东西，即便没有钱，但是信用卡拿在手上，刷起来还是勇气倍增，谁知，刚一刷，短信就来了，让回复指定的数字，信用额度立马增加。可见中国的银行服务绝对到家。只是想到回国要归还的数字，心中有些发虚。

那天，等我去买红茶的时候，被告知，性价比最高的红茶已经没有了，但是商家同意明天将红茶送到我们住的宾馆。总不能一点都不买吧，我自己去货架上挑了几罐，为了保证质量，挑了几罐相对贵点的，想来既可以送朋友，也可以自己解馋，对自己难得出国也是一个交代。回到宾馆，却被告知茶叶已经没有了。暗暗庆幸，幸亏买了几罐，否则空手而归，岂不遗憾？后来回到家，跟朋友们一起喝这款叫不出品牌的红茶，味道果然纯正。心想，以后有机会去斯里兰卡，一定不能错过红茶，因为那绝对名不虚传。

斯里兰卡人的友好，让我想到的是大象，它们一直默默无闻地生活在大森林里，如果不是人类对大自然的利用和开发，大象的家园应该是幸福的，对人类也是友好的。它们用自己的鼻子帮人类工作，用呼吸与人类沟通。这是我们最渴望的交流。我想，如果有机会重游斯里兰卡，一定不放过体验的机会，也一定会不虚此行。

一 走马观花

用眼睛拍星星

记不清是哪一年了,我们的汽车行驶在坝上草原,想找一个吃饭的地方,终于,我们在一个叫大滩镇扎拉营村的地方看到一家民俗风情度假村。那里有一个巨大的草场,边上散落着许多蒙古包。我们赶紧开车过去,发现门都关着,心里凉了半截。我们不死心,喊起来:"有人吗?"没有人回答。我们刚想掉头回去,门开了,出来两个女的,其中一个看似老板娘的模样。我们问:"有没有吃住的地方?"她们赶紧说:"有的,有!"一边说,一边解释:"我们刚从草场打草回来。自从旅游旺季过去,我们就一直在忙牛、羊、马过冬的粮草。"我们恍然大悟,终于找到了见不到"风吹草低见牛羊"景色的原因。原来这丰厚的草原,都成了牛羊们冬天的粮食了!这才明白,我们忽略了一个重要的事实:草原,不仅仅是为了给人"风花雪月",它还有上天赋予的使命,用来滋养生命,回报大自然的爱。对于这样的无知,我有一丝丝惭愧,同时,也在心里笑那位孙大哥。他说的看草原要在9月的理论,实在有些脱离实际。生命中有时候是不能鱼和熊掌兼得的。

接下来，老板娘带我们看蒙古包。它很简陋，除了占据半个蒙古包的床，就一个床头柜，其他什么都没有。这种简单让我有种回归自然的感觉，一下子就喜欢上了。老板娘说，在这里住宿，每晚每个人只要10元钱。我们检查了一下被子，让她们把被子都换了，我们愿意出双倍的钱，也就每人20元，因为淡季，便宜得让人心疼。

这似乎是我们第一次住到这样便宜的地方。唯一的担心是，万一晚上需要小解，就必须穿过二三十米的露天去公厕。我已经想好了，晚上坚决不上厕所，憋不住也要憋。当然，还有最后一招，万一到了要憋出人命的地步，就只有到门口就地解决。在草原的星空下是不是别有一番风味呢？想想，都觉得脸红。

蒙古包里没有电视，我们就看星星。芳的女儿打来电话，让拍一些星星的照片回去。这时候我后悔贪图轻便没把单反相机带来，而我手头的相机是傻瓜机，拍不出效果。只好自我安慰：用眼睛拍吧，比什么都靠谱。

生平第一次在草原上看星星，最先想到的是中国台湾作家席慕蓉写的那首歌《父亲的草原母亲的河》中"虽然已经不能用母语述说，请接纳我的快乐我的悲伤！"

是的，快乐和悲伤，有时候不需要用语言，一个眼神，一个微笑，甚至一滴泪都能惊心。眼下的草原，宽阔无边，星星那么多那么密，它们就待在那里，似乎一直在静静地等待，等待你的一次回眸，哪管岁月的风霜。也许它已经等待了你5000年？10000年？抑或

一 走马观花

万万年？我由此想到西方人讲究星座，他们认为每个人生下来，都对应着一个星座，那个对上的星座就是你，它蕴含的意义和你的一生有着相当大的关系和玄机，差不多就是你命运的写照。近年来，这种星座知识已普及我们的日常生活。

我想到了我的星座——水瓶座，它究竟预示了我什么样的命运？此刻的我，就想借这方草地席地而坐，邀三五朋友，甭管会不会喝酒，都执一杯红酒，嗑着散发着青草气息的葵瓜子，和漫天的星星对话。不要开口，也不要声响，只要彼此视线一碰，我们就知道彼此的心事，明白彼此的话语。

可是，我们最终选择了回蒙古包打牌。

原因很简单，旅游旺季刚刚过去，我们脚下的每一方草地，都充满了生命的"足迹"，多到走路都需要选择性地跳芭蕾。想到我们在这种"足迹"的包围中看星星，心中不免失落。

5个人中间，4个人都是速成班学员。因为简单和相对公平，所以打起来不难，结果我和老马输，说好了谁输谁请客，到后来还是不了了之。

伴着草原隐约的风声睡觉，想着此刻的自己，离天这么近，离地这么近，与天地如此亲密接触，我竟有回到母亲怀抱的感觉。

一夜无梦。

上苍的眼睛

2007年春日的一个下午,我像不速之客一样地闯入了"天目湖之春"笔会。

当我潇洒地签上了自己的名字,主人让我出示名片时,我傻了。笔会邀请的都是全国各地报社总编和晚报的副刊编辑,而我与这些身份毫不相干。

之前,虽然朋友已经跟主办单位接洽好,但自己不是"道"上人的身份,难免尴尬,于是,我赶紧说:"我的名片是旧的(实情)。"

朋友见此便说:"你把电话写在我名片的背面吧。"我长长地舒了一口气,到底是朋友,关键时刻给了我一个台阶。

于是,我赶紧在朋友名片背后写上自己的单位和电话,当我写到"浙江湖州广播电视"的时候,复又为难。他们邀请的可都是报社的同仁,我一个电视台的记者算什么呀?想想,笔会邀请的是报社,于是,就写了个"报"字。落字无悔,鬼使神差间,我的单位

一 走马观花

就变成了湖州广播电视报了。那一瞬间，我为自己无谓的撒谎而有些后悔。

我们入住的华天度假村，就在天目湖景区内。从窗口望出去是一汪池水，阳光下柔软光滑，如丝绸般华丽。窗下是农人的菜地，偶见农人采摘蔬菜，看了，便心生羡慕。想着有这样一个仙境般的住处，再有一块肥沃的闲地耕种，过过小日子，不也其乐融融？

天目湖，我以前来过，回想起来，只记得那里的水极好，印象中，天目就是"上苍的眼睛"。所以，当友人说要去天目湖参加笔会，我顾不得不速之客的身份，便欣然同往了。

这次带我们采风的，是一个年轻而机灵的小姑娘，她总能借题发挥。见路旁长着很多玉兰树，便说起了广玉兰和白玉兰的区别，她甚至说了一棵普通的香樟树的故事。她说："当地人每每生了女儿，都会在门前种一棵香樟树。树成材了，女儿也到了出嫁的年龄，香樟树就被用来做成樟木箱，作为嫁妆，吹吹打打地抬去男家。"

江浙地区的民间都知道香樟木能防虫蛀，一般被用来做箱子存放衣物。被导游用故事一讲，就变成了一棵树的美妙结局，也不枉几十年等一回了吧！而我在想，这天天在景区内转悠的导游，伶牙俐齿的，莫不是沾了这"天目"的灵气？

江苏省溧阳市境内，主要的景点分布在天目湖景区和南山大竹海两个区域。其中，天目湖景区包括天目湖牌楼、湖滨广场、湖里

山景区、状元阁、群贤堂、乡村田园、远古磨坊等景点。南山大竹海景区包括静湖、小鸟天堂、古官道、中国第一寿星、吴越弟一峰等景点。这"吴越弟一峰"的"弟"字，很多人以为是错别字，其实不然，是故意为之，属于胆大妄为的错别字。说起来应该有个故事或者出典，可惜，我们匆匆一别没有仔细探究，但是，从字面理解，可见溧阳人心气虽高，待人接物却很谦逊。我在那一刻就对溧阳人产生了好感。

此次重游天目湖，我得以认认真真地看了状元阁。阁内有一块牌匾，上面密密麻麻地刻满了我国历史上700多位状元的名字。溧阳人对于人才和知识的尊重可见一斑。

我们在刻满状元名字的牌匾前留影，希望沾一点这些古代状元的文气。

朋友却在不经意间发现了诸如"文天祥"和"黄裳"这些熟悉的名字，激动之下，赶紧拉了我过去分享。

我一直认为天目湖是那种"此景只应天上有，人间难得一天湖"的地方，原因在于那个地方的山山水水，都透着那么一股灵气。就说天目湖吧，原来是个沙湖，是20世纪50年代末，10万溧阳人民用了3年时间建成的。它原本是人工湖，却暗合了天意。因为从天空看下来，天目湖就像上苍镶嵌在大地上的一双眼睛，透彻心扉却又天然去浊。天目湖的名字大约也是由此而来的吧！

一 走马观花

我们漫步在木板铺成的山路上,脚步显得格外轻盈。寻觅林间小鸟,却发现树上挂着很多人工鸟巢,这可是景区工作人员精心为鸟儿们建造的家。鸟儿向来怕人,人工筑巢能让林中鸟居住,说明这里环境好。

我于天目湖而言只是一个匆匆过客,却与它有着丝丝缕缕的联系。我的家乡人孟郊一生穷困潦倒,50岁才得到在溧阳做官的机会。虽然当年他做官没什么突出的建树,却在溧阳留下了千古佳作《游子吟》:"慈母手中线,游子身上衣。临行密密缝,意恐迟迟归。谁言寸草心,报得三春晖。"

我不禁感叹:若非有这方温良的水土,焉能孕育这般温柔的情怀?我知道天目湖是可以亲近的,因为那里有可以亲近的溧阳人。浙江湖州和江苏溧阳,虽然分属两省,却共同饮用来自天目山的水,我们拥有同样的山水情怀。

想到这里,我的耳边响起了庄子的"子非鱼,安知鱼之乐"的话语。是啊,我又不是天目湖人,又怎能妄谈天目湖?还是请您亲自来天目湖看看吧,百闻不如一见,能到上苍置放眼睛的地方转转,也是前世修来的福分!

加东农家乐

8月3日,几位朋友相邀去浙江安吉的一个山里度假,本以为我们去的是一个民族文化村,可到了那边才知道,是一个正在开发的旅游度假区。它坐落在浙江省安吉县报福镇境内,名石岭村。

接待我们的是石岭村的傅书记和村妇女主任郭美姣,乍一看他们儒雅的外表,我们还以为到了一所学校呢!傅书记戴着一副近视眼镜,长得瘦高个,看起来像校长,村妇女主任美姣原先是个教师,招考乡镇干部时考上来的,眼明手快,整个人透着一股干练劲。

山里人朴实,傅书记和郭主任都不善言辞,但很敬业,对于景区的开发和利用,是那么投入。他们在陪同我们的间隙,不时地商量工作,时不时地抽空去处理村务。

我们住的农家叫"蒲源农庄",主人看上去50多岁,一问,才知道他还不到50岁,比实际年龄显老些,但给人的感觉很憨厚,那一头花白的头发下,是一双漂亮的眼睛,依稀见得到当年的风采,他使我想到了自己的舅舅,非常本土的乡村美男子,不善言辞,喜

一 走马观花

欢用行动说话。他开一辆自备面包车,用来接送客人和去山外采购物品。女主人圆圆的脸,肤色黑黑的,一笑一对酒窝,所言所行自信、健康。她烧得一手农家好菜,不仅色香味齐全,还照顾到城里人的口味,清淡。我们住在那里的时候,和主人同桌吃饭,感觉是在自己家里。

主人家的门前,有一个较大的溪潭,有一百来米长,宽四五十米,配有竹筏,可以嬉水和游泳,我们到达时,一场大雨倾盆而下,给溪潭注入了无限的生机。就着雨后的清凉,朋友们纷纷跳进水里嬉戏。

山里的凉快让我们始料不及,离山外不到 20 里地的报福镇气温已经高达 40 摄氏度,而山里还不到 30 摄氏度。难怪我们看到傍晚的路上,许多城里人都往山里赶,更因为城里为了让电,常常停电,于是,城里人便骑着摩托车,带着一家人到山里避暑了。

晚饭后,踏着山里的小路,我们去散步。知了的叫声陪伴着我们,天地如此接近,似乎轻轻地喊一声,就可以和星星对话。路边的杂花野草,散发着久违的芬芳,让我想到很久以前插队的日子,虽然劳作艰苦,但谁能否认那顽强的、青春的气息里,有着莫名的欢快?这时候去感受眼前的一花一草,便格外地具有了灵性。一路上,还看到很多高大的、结着果子的树,阿姣主任告诉我们:"那是山核桃。"这种核桃目前是市场上价格不菲的干果,一直只知其味却不知道它在树上是什么样子,今天终于目睹了它的本来面目。

一 走马观花

于是,我就想象在秋日里,这些熟透的山核桃在农家的铁锅里一炒,什么都不放,就吃它的原汁原味,该是怎么样的一种享受?如果再有一杯高山绿茶,几个朋友,1张小方桌,4个小矮凳,听着仿佛来自天边的溪流声,此情此景,是不是我们现在说的"拉仇恨"?

再往前行,就看到了一座漂亮的吊桥,走近了才发现它是由竹木板铺成,从它原始自然的铺设方法可以看出完全是农家人自己别具匠心的作品。建桥的材料是钢缆,在钢缆的外面,套了粗细均匀的竹子,这样,既考虑了桥的牢固度,又和周围的景观浑然一体。走在这座摇摇晃晃的吊桥上,闻着竹子隐约的清香,心,不由得醉了。

我们顺着小桥走到了这户农家,主人好像不在,门前放了一些小竹凳,门敞开着,真正的夜不闭户。我们不请自坐,在门口纳凉,似乎对这里农家已经熟视无睹。远处,黑幽幽的、安静的大山神秘莫测;近处,是不绝于耳的知了声;门前的小溪,哗哗地流淌着,在这个枯水的季节,似乎有些不太真实。同去的阿姣主任又喊了主人的名字,过了一会,主人才出来了,原来主人在洗澡呢!

主人给我们递了一张名片,那上面印着:"加东农家乐",名片的下面还印着饮食、住宿、休闲、娱乐,前面三项还好理解,只是最后一项娱乐,有些费解,不知道这个远离都市的农家会提供什么样的娱乐?

坐落在群山环绕之中的"加东农家乐",和村里其他的农家乐一样,也配有锅炉,住宿条件虽然不能和星级酒店相比,但有热水澡洗，群山环绕，溪水相伴，这样的环境，对于想要亲近自然的都市人来说足够了。

山里人的日子是安静的，就像我们感受都市凌晨的宁静，和山里人天南海北地聊天，居然发现，如今的农民，观念早已今非昔比。加东告诉我们10多年前，他还是一个猎民，整天拿了枪在山上转，曾看到过一种稀有的动物，是一白一黑两只动物。那黑的动物，头的形状似羊，身上的毛像马鬃，尾巴短短的像兔子，两只动物亲密地站在那里，简直像是神物。村里人把那动物叫"三不像"。金加东说："当时似乎有一股神力，阻止了我扣动扳机。"加东的语气，有当年没有扣动扳机的庆幸。如今，这里的村民已经懂得如何保护环境，和自然融为一体。只是，加东曾经看到过的"三不像"神物，再也没见到过，金加东的语气，带着淡淡的怅然。

天已经黑了。不知什么时候，知了的叫声没有了，金加东拿来了一台驱蚊灯，要让我们看看他是如何给鱼喂食的。他把驱蚊灯由吊桥慢慢往下放，一直到离水面50厘米的地方，然后插上电源，顿见蚊子围着灯光乱飞，一个个跌跌撞撞撞到了驱蚊灯上，然后，掉到水里。不一会，就有许多小鱼游过来了，也就五六分钟的时间，水面就聚集了几百来条小鱼，在灯光下游来游去，煞是壮观。本以为金加东会趁机抓鱼，原来他这样做，纯粹为了驱蚊，趁机给鱼喂食，也算是他提供给都市人的一种别样的景观。此时，我才恍然大悟，加东名片上的娱乐，大概就是这项内容吧？这样的娱乐方式，

一 走马观花

对于都市人来说，给你十个脑袋，有谁能想得到？

第二天一早，我们吃过了早饭，就上山了。

这是一个新开发的旅游项目，整个景区跨越了安吉、临安两个地域的4个村庄，计划投资7000万元，先期投资了3000万元。我们上山的时候，太阳还在山外，走在路上特别凉快。沿着上山的路径，不时地有奇形怪石，奇花异草，以及一个个的高峡平湖。累了，掬一把冰凉的溪水洗洗脸；渴了，舀一勺溪水解解渴，山的神韵就到了身边。在一个景点，我们碰到了一个名叫张哲仪的小姑娘，她轻声轻气地说："阿姨，吃冰棍吧？"开始我们没在意，对她摇了摇头，后来她又说了句："阿姨，吃冰棍吧！"我们才注意到，她的冰棍是用一个篮子包了棉布放置的，如不及时卖掉，就会化了的。于是，我就全买下了，也就五根，价钱也很便宜。朋友告诉她："冰棍从山下运到山上，会花很多工夫，加点钱再卖，符合市场规律，用不着羞羞答答。"谁知张哲仪却说："我不是做生意，是想给游人一些帮助。"她的回答让我们这些大人很是汗颜。当我们在高论什么市场经济的时候，恰恰忘了作为一个自然的人，最需要的是什么。我们不得不高看了这儿的山里人。他们的觉悟，在不经意间，那么自然、那么舒适地流露出来，像这夏日里的一阵轻风，沁人心扉。

张哲仪告诉我们她们家就在山顶，也开了家农家乐，她一再地邀请我们去她家坐坐，喝杯茶。后来我们上山，屁股后面就多了一个小尾巴，是张哲仪的弟弟，他跟着我们，大概是想给我们带路的吧!

我们边走边玩,见到一些景点还没有取名,于是,就有朋友蝴蝶泉、孔雀瀑等等地瞎叫。这里的山是奇特的,本以为已经到了山顶,却又绕出了一条上山的道路。一个小时以后,我们又到了一个高峡平湖,有近30米高的瀑布飞流直下,我们在瀑布下的泉边拍照留念,有朋友甚至拿了当地村民的草帽这样那样地摆姿势,逗得大家哈哈大笑,疲劳顿时不翼而飞。

时间不早了,尽管我们那么强烈地希望到张哲仪家去坐坐,却因为要急着赶回去,只好恋恋不舍地踏上了归途。

下山的途中,又见到了张哲仪姐弟俩,他们面前还有一些茶叶蛋没卖掉,朋友全买下了,少了一元钱,边上的朋友就要给,张哲仪执意不要。想想吧,对这样一个不为金钱所动的孩子,我们除了喜欢,还能说些什么呢?在她的脚旁,冰棍纸已经给收集到塑料袋里,我们知道,一会儿回家的时候,张哲仪会把这些垃圾带到家里,他们家的锅炉会消耗掉这些垃圾。这里的山里人已经养成了习惯,他们知道,垃圾的最好去处是没有垃圾,这恐怕是山里人对环境保护的最好诠释。

这次和朋友相约到山里,就像去农家走亲戚一样,轻松愉悦不在话下,在感受了山山水水的美丽之后,再细细感受山里人的情怀,只有一个字可以表达:纯。

一 走马观花

江 南 北 国

北国风光于我这个土生土长的江南人来讲，有着美妙的浪漫遐想和急于领略的热望。1995年，经济条件稍有好转的我，春节度假的第一选择就是去哈尔滨看冰灯。

那次的北国之行让我发现，到了北国除了看冰灯，还有赏冰花的眼福；有滑雪、坐雪橇的乐趣，还有吃小鸡炖蘑菇的享受。当然，回来后最想念的，还是那里的凉拌菜，辣在嘴里，凉在心里，美在舌尖，那个爽啊……

后来天南海北的走得多了，竟然向往起东北农家的热炕头了。幻想着有那么一天，在一个大雪纷飞的日子里到了东北，坐在农家的热炕头上，喝着不知道叫什么名字的农家土茶，嗑着东北的大葵瓜子，听着风卷雪花拍打在窗户上的沙沙声，让思绪信马由缰地随着窗外的飞雪飘舞……不知道会有一种什么样的感受？

那年3月初，我们几个朋友一起去了安吉的龙王山，没想到竟然在那里见识了江南的北国。

龙王山海拔 1800 多米，是江南湖州的最高峰之一。前些年，有专家考证，那里是黄浦江的源头。一时间，上海的游客蜂拥而至，在旅游旺季，简直是人山人海。

我们去的显然不是时候，不但路上没有行人，在龙王山的入口处，还遭到了善意的劝阻：山上太冷，路上有塌方，汽车过不去，等等。我们想，既已来了就上吧，总不能车到山前而归呀，于是不顾劝阻，还是上山了。

其实，路已经修好了，整齐漂亮，两边的景色也美。大山里很寂静，除了我们两辆车，没有行人，也没有其他车辆。空山寂静，这清幽的景色仿佛是专为我们准备的，心里很是自得，幸亏没有听守门人的，否则白白错过了这么好的景色。可是车再往上开，就发现路上果然有很多塌方，有几处还需要我们下车把石头挪开汽车才能往上开。越往上，耳朵开始有反应，所有的声音都变得那么远。我捏住自己的鼻子，用气一鼓，耳膜往外一张，症状消失了。同伴中，有在医院工作的就马上提醒："千万别太用力，否则耳膜穿孔就得不偿失了。"

继续前行，路上的塌方越来越多，我们不得不停下来，察看塌方所留下的空隙能否让汽车通过。已经到了这个份上，想后退已经不可能了，只能硬着头皮上，所谓"开弓没有回头箭！"这样折腾了两三次，我们终于到了龙王山顶。

我在江南惹了你

一下车，就感到寒气逼人，我们赶紧裹紧了衣服，放眼望去，远处群山环绕，洁白的山顶被初春的阳光照得熠熠生辉，仿佛戴了一顶白帽子，那是没有融化的雪。再看近处，农家屋檐上水晶般的冰凌悬挂着，在日光下晶莹剔透、五彩斑斓。在湖州过了一个暖冬的我们，激动得都想把这寒冷制造的尤物摘下来，无奈那个地方太高，够不着，终于未能如愿。

沿着阶梯往景点走，是一条由水泥多孔板铺就的路，呆板僵硬，多少有些扫兴。毕竟，这样的阶梯与整个景点的格局不协调，很有些煞风景。我想，林内有那么多废弃的木材，捡来了铺在路上，怎么也强过那冷冰冰的水泥制品。何况这些水泥板运到山上，还不知道要花费多少人工呢！

路上奇迹般地碰到了3个农人，陪我们去的小叶说他们是护林员，每天都要上山巡视的。

再往前走，就看到很多树上有冰花，千姿百态，也许是由露水结冰而来的，也许是前几天下雨，树上的水未干结成的。这让我想起了在哈尔滨初见这江南罕见的奇景时的羡慕和赞叹。没想到"众里寻她千百度，蓦然回首，冰花却在江南云深处"。我们不禁欢呼雀跃起来，大家纷纷拿起了相机。

再往前行，就见两旁整齐地栽种着各种树木，挺拔而苍劲，一些像是梨树，一些是杜鹃树，还有一些就不知道是什么树了。它们悠然恬静地生长在那里，千姿百态，像极了江南人的性情，文雅而

一 走马观花

略带野性。当然，和原始森林相比，这里的树远没有那么茂密高大，但它们仍然给我们送来了春的气息。虽然淡淡的春意中，这里的树木还处在冬眠刚刚过后的似醒非醒的状态。但只要有了一丁点儿春意，春光烂漫的那一天还会远吗？

安吉大名鼎鼎的千亩田终于到了，千亩田又称高山湿地，眼前的荒芜和千亩田似乎无法对上号，但我仍然无法否认它的辽阔与壮美。因为这是在早春，是在海拔1800多米的高处啊！

想想在众多高山守护下的这片平整的湿地，安谧地躺在众山的怀抱里，不知经过了多少岁月！她就像个寂寞的少女，当有一天人们找到她的时候，她还羞涩地蒙着面纱！我想象5月的某一天，当满山鲜花盛开的时候，她一定会不甘落后地撩开面纱，展示她神奇而娇美的面容！而我，却想在这里，在此时此刻，独自感受喧闹的5月里她无法展示的风采，在内心深处完善她的美丽。

在湿地的50米处，顺着一块路牌的指引，我们找到了一个农家小院。这里很热闹，有10多个"驴友"正在吃午饭。他们是昨天徒步上山的，已经在这个简陋的农家小院住了一个晚上，饭后就要下山了，真羡慕这些年轻人，一个背包就可以浪迹天涯。

我渴望有一天，也能够像他们这样，打起背包，约上三五个"狐朋狗友"，跨出门去海阔天空，自由自在地四处流浪，不到厌倦不回家。这是我在这个初春里、在这个江南北国突发的一个梦想。

二　垂涎欲滴

所谓一吃解千愁，是因为有时候生活的美满很简单，就在那垂涎欲滴之间，也许是一只饺子，也许是你遇见了恰当的它。

上帝看得见

穿过时光隧道,走到"丁莲芳"千张包子的时间深处,是衣裳街馆驿巷五号,走过老宅长长的走道,在最里面不到 15 平方米的老式厢房里,是我儿时的家。

寒冬里,没有空调和暖气,暗黄的灯光下,爸爸、妈妈和我们姐弟三个挤在床上,捂着被子"纺线"。这是冬日里最温暖的时光。

所谓的"纺线",是把从废品店里买来的扁带线(一种绸厂造机后多余下来长短不一的白色扁棉线,通常几毛钱就可以买一大包),一根根抽出来,再一根根接起来,绕成团,合成股,就是很好的棉线。用来织成线衣和线裤,代替毛线衣(买不起毛衣),既暖和又便宜,性价比绝对高。

当我们完成了那一大包的"扁带线抽取工程",妈妈总会微笑着掏出几毛钱,奖励我们姐弟三个吃"丁莲芳"千张包子。冬夜里,手捧一碗热气腾腾的、酸甜中带微辣的汤,就着丝粉和鲜美的千张包子,是什么味道,想想就很过瘾,绝对的"拉仇恨"。当然,这

二 垂涎欲滴

是儿时最奢侈的记忆,多数时候,我们只能吃到一毛钱一碗的清丝粉,那汤的鲜美和丝粉的滑润,已然是很"够劲"了。

一晃,时间过去了40多年,人已不是那个人,线也不是那个线了,因为已经不穿自己织的线衣了,也因此不需要"纺线"了。逛街逛累了,随便走进哪家"丁莲芳"千张包子的连锁店,吃上一碗热气腾腾的丝粉千张包子,有关时间无所不能的话题就有了幸福的味道。

从时光深处走来的"丁莲芳"千张包子,妖怪般的越老越魅,千张薄而韧,包子鲜而香,丝粉柔而脆,汤汁纯而美,是我们嘴里的味道,由此而延伸的,却是另一种关乎人文的精神享受。

比如,老年人喜欢去"丁莲芳",是去品尝过往的岁月;年轻人把那里当成约会地点,是因为价廉物美而不掉价;外地人去那里,是要体会原汁原味的湖州味道;游子归来想去那里,是去过一把"乡愁"的瘾。前些日子我同学从深圳回来,竟然在那里一口气吃了4个包子。他说在湖州天天经过"丁莲芳"千张包子店,并不觉得有什么特别,而出门在外,"丁莲芳"成了他的念想。这次回来,他一口气吃了4个包子,拍拍肚子得意地告诉我:"4个包子6块钱,既解馋又填肚子,到哪里去吃这么便宜的东西?"说着这句话的同学很有成就感,仿佛表扬"丁莲芳"就是表扬自己。

而我在想,最有成就感的,应该是丁莲芳吧!当他从挑担卖菜维持生计跨越到做千张包子的时候,可能没有想到,100多年后,小小的千张包子会进入世博会,跻身世界舞台,和国际著名的奢侈品牌LV享受同样的目光。而丁莲芳的名字,也在被传诵了100多年后,还将继续被传诵下去。

或许,把"丁莲芳"千张包子和LV这样的国际知名品牌连在一起有些不自量力。毕竟,传统小吃和奢侈品简直天壤之别,显得驴唇不对马嘴。但是,看它们成长的故事,我们能依稀发现一些什么。

1821年,穷小子木匠路易威顿在靠打零工为生的时候,他也没有想到日后会成为全世界最伟大的奢侈品牌的创始人,而他的成功之处,也就是多了个心眼。据说,当年他为皇室服务时,正是拿破仑二世登基,当时的法国,蒸汽机的发明,让贵族坐火车旅行成了时尚。而旧式的行李箱让贵族们大为苦恼,不是行李箱把衣服弄得皱皱巴巴,就是行李箱在火车的颠簸中一次次摔倒。由此,路易威顿灵机一动,精心设计出适合火车旅行的箱子。这种既美观又方便的箱子大受巴黎上流社会的欢迎并很快流行起来,不到十年,路易威顿的LV品牌就传遍欧洲皇室,进而风靡世界。

无独有偶,丁莲芳当年如果只是满足挑个担子吆喝卖菜,而不是发明了千张包子,并千方百计把心用在满足顾客的口味上,不断地调制和改良配方,今天我们的口福又怎么得来?只要我们简单罗列千张包子内馅材料:纯精腿肉、朝鲜开洋、日本干贝、安吉孝丰蝴蝶片笋衣、熟芝麻等,就可以看出其配方的讲究和用心。当然,

千张包子还有很多讲究，属于行内机密，这里就不能一一细说了。

所以，在这里，我很大胆地把丁莲芳和路易威顿比作一对路人，他们从不同的地方跋山涉水，远道而来，在旅途上有多少惊心动魄的故事也许各不相同，但我相信，他们到达目的地时要付出的努力是相同的。

我曾听一位企业家说到LV品牌设计师的故事。据说，某次，设计师发现一颗小钻石上穿丝线的孔里有个微小的凹槽，虽然丝线穿进去不会有任何痕迹，但设计师认为凹槽会磨损丝线，这是绝对不允许的。必须纠正，而工匠认为这个凹槽不影响外观，又极微小，一般人根本看不见。但是，设计师说："上帝看得见！"在设计师的坚持下，工匠在丝线上涂上蜡，反复打磨，直到凹槽光滑平整，做了很多功夫。

"上帝看得见！"说得多好。

我不太懂上帝，但我知道，我们每个人心里都有一杆秤，他们像眼睛，擦亮了，明镜似的。所以，无论是传统名点还是国际奢侈品，它们就像原始森林里的参天大树和小草，对大地的贡献是一样的。

可喜的是，在我即将完成本篇的时候，看到有报道说路易威顿登陆中国国家博物馆。该新闻的导语很有趣："从革命斗争的面孔，到改革开放的表情，再到奢侈品的滋味。"的确，之前的国家博物馆，展出的大都是"意识形态很浓"，被"赋予很多政治使命"的史料，像展出 LV 这种国际著名奢侈品，是无法想象的。

是的，时代变了。开放、包容的中国，多元化的发展，为任何想要通过努力获得成功的人提供了可能。只要我们站得高些，再看得远些，奇迹是会发生的，说不定哪天上帝一哆嗦，又看到了"丁莲芳"的什么，也是可能的。

谁知道呢！

一碗饺子解乡愁

友人从山东老家回来,兴奋地邀请大家去品尝他从家乡带回来的面粉包的饺子。特别强调是"家乡带回来的面粉包的饺子",听来有点隆重。

不就是面粉,不就是饺子吗?还能吃出山珍的味道来?我想。可是,写下这句话的同时,心里有瞬间的愧疚,在全球提倡生态保护、动物保护的时态下,我怎么还偏偏想到了山珍的味道,难不成我这个饕餮之徒吃过?自然是没有的,不是觉悟高,实在是没有机会。

周末的一个下午,先生早早地催我去赴朋友的饺子宴,说好了必须提前,大家动手包饺子。

原来是一场饺子宴,我喜欢朋友一起动手、丰衣足食的聚会,有别样的乐趣。

紧赶慢赶,我们到达时已经晚了,饺子馅已经拌好了,很普通的白菜馅和韭菜馅。面粉也已经揉好醒过，看不出有什么特别，一张长条桌上，围了一圈人。这次聚会，女人居多，男人才两个，但是他们的角色重要，揉面粉和擀皮子，是技术活。一帮女人叽叽喳喳，一边包饺子，一边拉家常，等我凑上去的时候，她们都已经是熟练工了，而我的第一个饺子就包砸了，饺子馅太多，包不起来，没办法，只好又拿了一张皮子，从外部再包一层，估计是唯一的一个双层饺子。我很想告诉朋友，谁吃到这个倒霉的饺子，我就发红包，以示道歉。结果羞于启齿，实在是怕丢脸，悄悄地放在盘子中间滥竽充数了。

由饺子而想到30年前，我在杭州的一家西安饺子馆吃过一次饺子宴。为什么时间那么肯定，是因为如今已经为人父的儿子，当年还爬在餐桌的圆盘上转圈呢。一转眼，恍若隔世。其实江南富庶，湖州百鱼宴、竹笋宴、太湖宴、水乡宴等名目繁多，但是我真正吃到的宴席，却是饺子宴。各种各样的饺子，一道一道，不重样，不重味，竟然吃到忘记了饺子原有的味道，只记得那最好吃的，该是用螃蟹肉做馅的饺子，但我认为那不是吃饺子，而是在吃螃蟹。那最后一道端上来的珍珠饺，如南瓜子大小，我很惊诧那饺子是如何包出来的。它甚至没有成人手指那么大，这样的小个子，要怎么操作才能包成那一只只小精灵般的饺子？至今仍是个谜。珍珠饺虽然很有嚼头，却因为之前吃太多，舌头麻木导致味觉疲劳，已然觉得没什么特别了。可见，人的拥有能力是有限的，任何好东西差不多就好，多了都会泛滥成灾。

所谓众人拾柴火焰高,很快,饺子包好了,明显后来包的比先前包的好多了。包饺子的人,一个个成了熟练工,至少,我会觉得以后包的饺子,也懂得要打几个折皱,让饺子的肚子大起来,然后让身子是月亮般弯弯的。它们一个个卧在那里的时候,该像冬天暖阳里打盹的小猫,有懒洋洋的生动。

饺子端上来的时候,不管什么形状,都被一抢而空。那个好,既有亲自动手格外香的味道,更是饺子皮跟我们寻常吃的饺子有很大的差别。它是柔的又是硬的,是有嚼头的又是甜甜的。其间,朋友过来问:"饺子味道怎么样?"在座的各位齐刷刷伸出大拇指,异口同声地说:"好极了!"

朋友笑了,我从他的笑容里,看到他的"乡愁"得到了释放后的欣慰和骄傲。那是实实在在的"乡愁"。

台湾诗人余光中有一首关于乡愁的诗,我至今记得:

小时候,

乡愁是一枚小小的邮票,

我在这头,

母亲在那头。

长大后,

乡愁是一张窄窄的船票,

二 垂涎欲滴

我在这头,

新娘在那头。

后来啊,

乡愁是一方矮矮的坟墓,

我在外头,

母亲在里头。

而现在,

乡愁是一湾浅浅的海峡,

我在这头,

大陆在那头。

每每想起这首诗,总是泪满眼眶,我抬起头,看着眼前的饺子,心想饺子好不好吃,除了馅、饺子皮,还有那个包饺子和煮饺子的人的手艺。然而,谁能否认还有包饺子时那个人的心境和吃饺子时那个人的心情呢?朋友很自豪地问:"知道这种包饺子的粉多少钱一斤吗?"我狠狠地往高里猜:20元/斤。朋友说:"你是懂行的,告诉你,34元/千克。"果然价值不菲。

我一直觉得,爱一个人和喜欢一样东西,都是有理由的。

那天的饺子是我有史以来吃到的最好的饺子，在于回味、思念和参与感掺杂其中，这是用金钱无法衡量的。临走，我们还不忘将余下的面团和饺子馅带回来。只是到了家里，突然发现没有人会擀饺子皮，于是就想，面团可以切了当面条，馅可以去市场买饺子皮包。结果可想而知，面也不是那个面味，饺子也不是饺子的味道。这真是应了那句：美丽的错误往往就是当你遇见不恰当的他。

二　垂涎欲滴

红袖无添香

"山际见来烟，竹中窥落日。鸟向檐上飞，云从窗里出。"这是诗人笔下的安吉。

闻名遐迩的竹乡安吉，绵延的大山，成片的毛竹，曾经是电影《卧虎藏龙》和《夜宴》的拍摄地。

其实，安吉除了美景，还盛产毛竹、笋和大量的竹林鸡。这些鸡在竹林里吃草籽和植物叶，在竹林里嬉戏和撒欢，晚上就宿在树枝上，成了安吉乡村的一道独特的景观。凡到过安吉的人，都会对此留下深刻的记忆。当然，更让人念念不忘的，是安吉竹林鸡的味道，那肉质鲜嫩滑爽，香味醇厚，是真正久违的"鸡"的味道。

鸡，究竟什么味道，无须考证，吃过的人都知道。只是安吉的干锅竹林鸡，追究起来，跟一个姑娘的孝心有关。据说从前有个员外嫁女儿，要大宴宾客。女儿出嫁的前一天，员外要求女儿做一道菜给父母吃，以示孝心。什么菜好吃又有营养？员外的女儿想了半天，情急之下，她去竹林抓来一只鸡，在油锅煎了以后又用文火焖，待鸡熟了以后端上桌,没想到味道出奇的好,父母和亲友纷纷伸出了大拇指。一时间姑娘们纷纷效仿,成为习俗并一直延续至今。我垂涎这道菜,便问做这道菜的刘叶青厨师为什么会那么好吃。他说,干锅竹林鸡的味道好,主要在鸡的生长环境好,放养,吃的是虫子和小草,晚上住在树上,每天飞上飞下的,练就了一身的"活"肉,再有就是烧法上刻意"土",最大限度地保证了鸡的原味。

当天晚上,这道干锅竹林鸡被我们这批吃客一扫而光。而我在吃的时候,想到了孟郊的那首诗"慈母手中线,游子身上衣。临行密密缝,意恐迟迟归。谁言寸草心,报得三春晖。"相比《游子吟》中的母亲,这道所谓的孝女菜,显得如此单薄。好在只要孝心在,孝子饼、孝子茶,甚至孝子的心,都是可以捧给父母的。

厨师刘叶青对这道菜是有想法的,农家菜就要有农家菜的面孔,放些竹笋和青椒,黄黄绿绿的,就像农妇漂亮的花衣,展示的是相得益彰的乡村味道。

我们知道的肯德基的鸡也是鸡,但我们吃不出鸡的味道。人们从都市来到乡村,就为躲避城市的喧嚣,要的就是这种"红袖不添香,天然去雕琢"的"鸡"的味道。

二 垂涎欲滴

小镇"慢"生活

茶糕,顾名思义,是在茶馆大行其道的糕。新市人会生活,一份简单的早餐,也会吃得风生水起。

周末,天蒙蒙亮,新市人就赶早来到茶馆,泡上一壶茶,慢悠悠地吃着茶糕,和三五个朋友说长道短、谈古论今,这样的一个上午,从物质到精神都满足了,这是新市人的"慢"生活。

新市人的早茶习俗由来已久,相传鼎盛期,小小新市有早茶店十多家,可见新市人对吃,实在是太有劲道了。

2013年9月1日,我有幸在安吉美林度假村见识了新市茶糕的制作,品尝了新鲜出炉的茶糕,口感糯而不粘,非常可口。出生于小镇的女伴品尝后,满怀深情地说"找到了儿时的感觉"。

做茶糕的小伙子叫蔡珺,一位年轻而腼腆的父亲,他19岁做厨师,至今已经10多年了。他说,茶糕看似简单,其实做起来很讲究,需将糯米碾成粉,根据不同季节空气中所含水分的不同,加适量的水,他特别提醒肉要"打上劲","成败的关键是掌握糯米

二 垂涎欲滴

粉的含水量"。当我问他今天的茶糕做得怎么样时,他笑着摇摇头说:"差了点火候,蒸汽有点漏,没掌握好火候。"我忍不住说:"可我吃着感觉非常好啊。"

"越是简单的东西,越是不好做,考验的是你的诚心。"似乎为了证明这个观点,蔡珺给我讲了新市茶糕的来历。

相传南宋年间,一大户人家的女儿和长工相爱了,可是老爷不屑于身份低贱的长工,将其赶出了家门。长工为赢得姑娘的爱情,想尽办法开了一家早茶店,想赚钱提亲,无奈早茶店品种单调,经营毫无起色。直到有一天,一个孩子跟着爷爷来店里吃早点,他们要了糯米糕和肉包子,但孩子只吃了包子里的肉和糯米糕,爷爷怪孩子浪费,孩子说,我喜欢肉的鲜和糯米糕的香。长工听后突发奇想,何不将两者合二为一呢,于是,经过不断的试验,终于有了集松、香、鲜于一体的茶糕的雏形。

故事的结局很美满,长工因为茶糕赚到了钱,也娶到了心仪的新娘。

故事虽很俗套,但我们从故事中也看到了因创新带来的改变,体会到做个"有心人"是多么重要。一块小小的茶糕,因诞生于"送人玫瑰,手有余香"的美好愿景,才有今天那么多人的喜欢。而我,作为一个"吃嘛嘛香"的食客,最向往的是在冬日午后,晒着太阳,喝着茶,就着茶糕,将浮躁的心放下,深情地享受新市人的"慢"生活。

"节"起美饰

初夏。

江南的天,阳光开始热烈。树荫下,开头是一只知了冷不丁地鸣叫,接着,一旁的树上,知了们争先恐后地叫起来,渐渐地,知了声响成了一片,"知了,知了"的歌唱此起彼伏,唱响整个大地。

轻风里,热浪拂面而来。被称为"五毒"的蝎、蛇、蜈蚣、蟾蜍、蜘蛛们,也想出来透透气,纷纷钻出土地,伸个懒腰。这可急坏了大人们。

家家户户都在门前挂起了艾草和菖蒲。据说艾草和菖蒲的枝叶含有挥发性很强的芳香油,可以杀虫灭菌,挂在门口,驱虫避邪。

2011年,我们家添了小宝宝,一家人围着小家伙转的时候,2012年的端午节不期而至。当我看到邻居的孩子,穿着特制的老虎衣、虎头鞋,还戴上了老虎帽子,才猛然发现,我们错过了为孩子准备端午装扮的时机。还好,赶紧去邻居家要了点雄黄粉,给不到半岁的宝宝额上画了个"王"字,也算是借雄黄驱毒,借猛虎(似虎的额纹"王")镇邪气。

想着接下来要去乡下过节,我去药店给宝宝买香囊,却被告知,香囊虽好,孩子最好不要用。道理很简单,香囊内的白芷、川芎、苓草、朱砂、雄黄等中草药,虽可以清热解毒,但有轻微的毒性,使用不当,对人体也有害。尤其是小孩子,对这些中药缺乏耐受力,不合适贴身用。这里有个"度"的问题。听从医生的建议,我买了香囊,挂在房间门背后的扶手上,也算是在门口放哨。

其实啊,我们小时候过节,不光吃粽子,吃雄黄豆解馋,还动手做香囊,是贫乏生活中鲜有的乐趣,更是拽着幸福的时光走在江南的大地上。

斗转星移。2000多年后的今天,作为传统之一的"节庆"文化已经改良很多,繁复的礼节,已经被现代生活简化。当然,被简化的还有动手能力,这种我们原本在劳动时享受的快乐,也被精简掉了。

如今,我们过节,直接去医院和药店买来香囊,挂在门前屋后和窗口,芬芳扑鼻,闻之心旷神怡;我还看到有姑娘佩戴着用漂亮织锦缎制作的香囊袋,里面的中草药和香料更精致,佩戴在身上,成了佩饰,既美观又时尚;更讲究的,把各种不同形状的香囊结成一串,挂在门上,微风一吹,如风铃般摇晃;那些时髦的女士,还把香囊挂在随身携带的包包、钥匙串上，香囊随着人的移动，味道随风飘逸，远远胜过了香水。如此这般由简单变异来的多彩，丰富了我们的生活，陶冶了我们的情操。

作为湖州人，能把端午节过到这个份上，我们除了感谢生活，还能说些什么呢？

二 垂涎欲滴

"原"起端午

岁岁端午,今又端午。

今年的端午节,我们是在农村的亲戚家度过的。

太阳落山了,亲戚在院子里支起一张饭桌,桌上摆满了菜肴,有黄瓜、黄鳝、黄鱼、咸鸭蛋和干煎豆腐(人称张天师的印),据称这是端午节必备的菜肴。我们围坐一圈,喝着雄黄酒,吃着丰盛的晚餐,聊聊天南海北的事情,不觉忘了时间,等发现我们还没有吃端午节的主食——粽子时,黑暗已经把我们像粽子一样包裹起来了。

记忆中的端午节,一周前就排场开了。

买粽叶、买糯米、买馅。粽叶要煮透备用,糯米要淘净晾干。裹粽子的时候,甜粽子里面放红枣或赤豆。最重要的是手上功夫要了得,松紧要适度。裹紧了粽子硬,煮不透;裹松了,又太软,没嚼头。在妈妈的示范下,我慢慢学会了裹粽子。其实,裹粽子这活,全仗着熟能生巧。小时候没有煤气灶,煤球炉的火力又不够,所以煮粽子都是在柴火灶上完成的。红红的柴火里,听妈妈一遍遍地讲故事,直听得旺火慢慢熄灭,听得瞌睡虫爬上脑门,还不肯睡去,就为惦记着锅里的粽子,直到听妈妈说,这粽子要焖到第二天才能吃,才恋恋不舍地去房间睡觉。

如今生活好了,商店有品种多样的粽子供挑选,吃粽子变成了生活中的寻常事情,端午节吃粽子,更多地变成了一种仪式感,一种关于时光和历史的记忆,一种传统文化,一种爱国文化。

这就要说到爱国诗人屈原。屈原是战国时期楚国著名的政治家和文学家。他虽身处弱小的楚国,却不畏强暴,坚决主张联合齐国共同抗秦。因此,当秦兵攻破楚都,屈原的救国理想破灭了,悲愤之下,纵身投入汹涌的汨罗江。那天正是五月初五,据说,每年屈原投江的忌日,人们都会把粽子投入江中喂鱼,说是鱼吃了粽子,就不吃屈原的肉身了。至于什么时候开始用吃粽子来祭祀屈原已年代久远,难以考证,只是端午节吃粽子的习俗一直沿袭着,千百年来,盛行不衰。在我看来,端午节吃粽子的传统文化被保留至今,生生不息,体现了老百姓对古代士大夫"气节"的一种怀念和追崇,彰显的是任何时代都需要的爱国情怀。

其实,我们小时候吃到的粽子远没有现在的考究,但却是儿时心心念念的美味,想来因为亲自动手,更因为还有屈原的故事,

二 垂涎欲滴

粽子的味道便增添了一种悲壮的美。因为当我们吃着香甜的粽子,就会想屈原和他曾经的爱国抱负,想起他的"路漫漫其修远兮,吾将上下而求索"的句子。直到今天,这句话,依然在激励着我们,时刻提醒我们,做人是要有一点精神的。

三 乐在其中

因为喜欢,那些成了我生活一部分的快乐才如此贴心,虽然庸常,却让我活成了自己喜欢的样子。

独爱白兰花

又该淘米了。

夏天,家里淘过米的水,是断不肯随意倒掉的。放一会儿,经过发酵,就是白兰花上好的肥料。

白兰花是我们家花园的宠儿。

我一直迷惑,这些形如小拇指般大小,在市场上5毛钱就能买到一朵的白色兰花,跟那些从山野里挖来的、绿色的、黄色的、紫色的兰花以及市场上买来的大花惠兰和有段时间被称为"疯狂的君子兰"有什么关系?想来就像一母所生的孩子,有的貌美如花,有的贱如小草罢了。然而,生活常常喜欢跟我们开玩笑,贱贱的小草,反而长得茂盛。

我喜欢白兰花,仅仅因为它的"贱",好打理,具有一盆淘米水就能养活的生命力。如果时间退回到20世纪70年代,我们会想到革命样板戏《龙江颂》里的一句台词"一碗水也能救活一棵秧苗。"

我不懂植物学，没有考证过为什么白兰花对养料的选择那样简单和专情。我不多的养花经验来自一位慈祥的老花匠。按照他的教导去做，我们家的白兰花长得格外茂盛。

春天到了，百花开了，而白兰花来得有些晚。但是，它一旦开花，却是热烈的。一朵又一朵，它们在夜里尽情地绽放，那香味有点特立独行，又有点媚。它若隐若现，琢磨不透，其独特的香气却让人闻到它就能确定它属于白兰花。在江南，从春末到初秋，白兰花总是不停地开，开了谢，谢了又开，如勤劳的新娘，不停地整理那一个个鲜活的日子，像是要把她的幸福传递给身边的每一个人。

白兰花真的像新娘哦！

白天，再浓烈的阳光，它是不开花的。只有到了傍晚，夜幕降临，羞答答地，它悄悄地开了。

很多人说，爱一个人、喜欢一个人是没有理由的。我却始终认为这种爱和喜欢，都带着个人的烙印。

就比如这满园的鲜花里，红、黄、绿、蓝，几乎什么颜色的花都有，任何一朵，看上去都那么美丽，为什么我独爱这白兰花？

我在艰苦的生活环境中长大。当我们一家五口吃喝拉撒都窝在一个20平方米的小房子里时，我最大的梦想是有一天能在花园一样美丽的环境中上班。

三 乐在其中

回想起来,那时候的梦想多么直接、简单和幼稚。

后来,当我拥有满院子的鲜花时,却不知道什么是自己的最爱了。

直到有一天,弟弟给我们家花园送来了一盆白兰花。

那是一棵一人多高的白兰树,上面有无数小拇指般大小的花蕾,有些已经绽放了,有些还羞羞答答地半开半闭,多数仅仅是小小的花蕾,刚放下,便满园的芬芳。

"卖白兰花,白兰花哟……"我想起了大街上老太太的吆喝声,顿时欣慰了,心想以后再也不用满大街地寻找白兰花了。

这才明白,我的喜欢是带着多么世俗的味道!

那满园的花与我何干?不就是欣赏吗?而白兰花就不同了,她可以为我所用。

尽管家里也有从国外带回来的香奈尔、兰蔻和CD等品牌香水,可是和我钟情的白兰花相比,就逊色许多。

白兰花是可以当胸饰的,佩戴在胸前,花香随着体温隐约飘入鼻息,沁人心脾。这个时候,花香是属于你自己的。而当你行走的时候,那香味将会跟随着你的移动飘逸到任何地方。于是,会有朋友或同事问:"什么东西那么香啊?"每每听到如此一问,我会给他们看我佩戴的白兰花,然后自豪地说:"这是新鲜香水。"

到了晚上,那花汁已经被你的体温融化了,呈半卷状态,叶尖的白也呈褐色了,可香味依然在,伴着你的呼吸入睡,给你一个好梦。

天亮了,花瓣多半呈褐色了,变得很有棱角,这个时候的白兰花,看不到白色,已经是干花了,依然有淡淡的花香袭来。我还是舍不得丢弃,便放在烟灰缸里,虽不起眼,可是它还能中和烟味,调节空气。

我曾经算过一笔账。一盆白兰花80元,几乎可以香6个月。只要你不亏待它,以后的每年,它还可以源源不断地为你生产芳香。

喜欢白兰花,就这么实际。

因为喜欢,后来又陆续从花店搬来了好多盆白兰花。

我想起在家的日子,夏日的晚上,泡上一杯茶,坐在花园里,也不管蚊虫叮咬,就在那里静静地等着白兰花儿开。

很奇妙,你等啊等啊,它就不开。可是一旦你稍不留神,它就张开了像小鸟一样的嘴巴,这时候摘下来,香气最为浓烈。

家里的先生,对花是位泛爱者,看到我摘白兰花,很不爽,说:"花在树上长得好好的,干吗摘了?"

我只好告诉他,白兰花开在那里,就是等着你摘的,你若不摘,它以后就不长花蕾,那就意味着没有花了。

三 乐在其中

第二天一早,他很开心地说,我帮你把花都摘了。

天呐,不知道他哪根筋搭错了,竟然把整颗树上的花蕾全摘下来了。

我望着摊在桌上的花蕾,心疼地哭笑不得:"没开的花蕾你摘什么呀?香味又散发不出来。"

那个犯了错误的人,还不肯认:"是你说摘了才会长的!"却是明显的底气不足。

这是笑话,不提也罢。

以后的日子,天天看着白兰花开,然后摘下了,一朵朵扎好。邻居、朋友、同事等都有送,当然还要扎一大串挂在汽车里,车一开,满车的芳香让人清新愉快。偶有男同事坐上来,第一句话就是"香车美女嘛!"

我只在心里暗暗得意:"还敢在我车上抽烟吗?"

白兰花给我带来的,是最温馨的日子,这样的时日,可以延续到 11 月。

秋风起,寒潮来的时候,白兰花就该冬眠了。这个时候,我会请那个老花匠把白兰花搬去他的暖房。

于是,花园里摆放白兰花的地方,会留给我一个冬天的念想!

我在江南惹了你
Wozai Jiangnan Releni

在树上喝茶

2008年7月15日,我们到达西双版纳的时候,天色已晚。在原始森林公园的水上餐厅用完晚餐已经是晚上10点多了。老人都回房间休息,我又跟着其他人去空中花园喝茶。

所谓空中花园,是原始森林里的一个喝茶休闲的地方。它在巨大的树干间隔出了两层,下面是总台,看着像是在大树下办公,这好像是热带地区酒店总台的专属设计。在我这个江南人看来就觉得特别怪异,上面是一个小型的花园,旁边有几张圆形的桌子,中间放了一张长方形的桌子,可同时容纳20多个人。

雨还在下。空中花园里树木茂盛,几乎遮天蔽日,雨基本就挡住了,凉风习习。

普洱茶、热带水果,还有空气中传来的阵阵夜来香的味道。人就这样醉了,心也痒痒了。想着此情此景,只要一台笔记本电脑、一杯普洱茶,生活还有什么遗憾呢?

三 乐在其中

夜来香的芬芳中有一丝丝的甜,熟悉又陌生,似曾相识却从未谋面。生活中我们常常这样,以前,也常常听邓丽君唱《夜来香》,歌声虽好,到底有些隔着衣服挠痒痒的感觉。这次算是知道了,却依然无法用最恰当的词语去表达这种迷药般的香味。

抬头看着空中花园的植物,最先迷住我的,是那些巨树,古朴粗大,仿佛历史和沧桑都浓缩于其中。在一棵巨树的树干上,我看到了一丛寄生的夜来香,在灯光下悠悠然地开放。正当我激动地对这些古老的巨树拍照时,旁边的朋友自豪地告诉我:"被迷惑了吧?其实这些巨树是假的。"

"假的?"我惊呼起来。于是,我听到了这样一个故事。

热带雨林充足的水分和湿润的空气是植物生长的摇篮。在这里,随便哪里吹来一粒种子,只要能着陆于泥土,就能很快地生长。开发这片森林的时候,不可能有那么多巨大的树。于是,就想办法做了一些仿生巨树,当然中间是空的,还被灌进了泥土,并去其他地方移来了一些植物,比如,雨林特有的蕨类、橡皮树、绿萝、石斛、野生芭蕉等。据说,那些野生芭蕉能落户空中花园,得益于小鸟,是它们吃了野生芭蕉的种子,又不能消化,把屎拉在了仿生树上,那些未曾消化的种子,就在那里生根发芽。

当然更多的植物来源于风,它们随风而来,在这里驻扎,生根发芽,茁壮成长。这才有了现在规模的空中花园,一个连神仙也想来喝茶的地方。

此刻，我想起了最著名的禅宗故事——吃茶去。

曾经，一位行脚僧问赵州禅师："什么是禅？"禅师反问他："来过赵州否？"行脚僧说："未来过。"禅师一笑说："吃茶去。"

又有一个行脚僧来请教什么是禅。赵州禅师还是笑笑说："来过赵州否？"行脚僧说："我曾来过。"禅师一笑，仍旧回答："吃茶去。"寺中的弟子甚为不解，就问师父："为什么来过赵州的让他吃茶去，没来过赵州的也让他吃茶去？"赵州禅师对弟子一笑，答案还是"吃茶去。"

我坐在长桌前，抿一口清香的普洱生茶，满嘴芬芳，想起这个故事的极简和寓意的极深，明白当下的喝茶，何其珍贵。

"不如喝茶去！"我情不自禁地笑了。

三 乐在其中

回忆是首淡淡的歌

朋友从杭州回来,给我带了一盒 DVD 音乐碟片,是赵鹏的歌,谓之"人声低音炮",《闪亮的日子》是其中的一张碟片。

知道赵鹏也是从这位朋友的口中,他说:"女人就该听赵鹏的歌,他就像专门为你唱的。"之前,我对赵鹏知之甚少,直到昨天听了他的歌。

这是什么样的声音呢!

老歌加上歌手融入生活经历的再度创作,使我耳边始终萦绕着一种低沉、磁性、浑厚的声音,和着简单的配器,赵鹏演绎出另一种"男人的心声",用朋友的话说就是"这是一个男人唱给女人的歌"。

一首又一首,多为女歌手的作品,却从赵鹏的嘴里缓缓吐出,似把我带进无人的境地,周边的一切都那么遥远,只有一个人的声音,在远山近水中孤独地流淌。这多么令人匪夷所思!那一刻,我的大脑充满了迷惑：赵鹏该用多大的力量，才能把如此厚重的声音从肺部推出呢？我只能想象，那是源于天籁！

> 现在能拥有的幸福
>
> 初始于记忆的深处
>
> 最是简洁的颜色
>
> 最是单纯的音符
>
> 代表着经历过那漫长
>
> 而不愿陈旧的唯美心情

这是制作人之一的马斌在碟片上的一首诗，似乎在告诉我们赵鹏神秘之音的出处。

赵鹏从16岁就开始唱歌了。这个身高1.88米、高大帅气的小伙，创作的第一首成名曲却是《其实我真的很丑》。我不知道他心中的美是什么样的。他应该是个唯美主义者吧，美如他永无止境的低声吟唱。

而此刻，我坐在电脑前，为自己泡一杯上好的台湾冻顶乌龙茶，静静地聆听赵鹏的《月光森林》，熟悉的旋律中，我的心被轻轻地碰了一下，有一丝丝颤动，心痛的感觉瞬间涌上心头。想象着赵鹏年轻的脸庞和沧桑的声音交织而成的景象，逐渐地生动起来。"情歌总是老的好",可谁能把"老"演绎得如此精彩呢？也只有赵鹏吧！

或许这也有另一种歌唱。

这是亚妮《没眼人》书的盲人歌手。说歌手有点夸张了，他们是一群卖场的残疾人。但是他们一开口，这歌声似乎从天堂来，又仿佛从地狱来，不对，是穿过漫漫长夜的黑暗到达遥远的天边，她在我耳边说："我想为你歌唱一首歌。"

而赵鹏呢？他是让你忘不了的歌手。

人这一辈子能记住的声音不多。我将牢记赵鹏的声音，并深埋心底。当我即将走完人生，我相信有赵鹏的歌声相伴，便能顺利到达彼岸。

午后的流浪

冬日的一个下午,与三五朋友相聚,围着炭炉,喝着红茶,听裘老师拉二胡,心便随着乐声飘向远方,流浪……

认识裘老师是在一次朋友聚会上,当时有人谈起,人在累到极致的时候,走路都能睡觉,这个我在红军长征的故事中听说过。裘老师却说人在睡眠状态下是可以做事情的,当然,他指的不是梦游。他告诉我们,有两次演出,他在舞台上是睡着的,可手还不停地一直跟着乐队演奏,等自己惊醒过来,吓出了一身冷汗。听他这样说,我不由对他的二胡演奏技充满期盼。于是,便有了一次裘老师专门为我们的演奏。

二胡看似简单,却是最难学的乐器之一。学过的人都知道,在简单的两根弦中要变化出那么多音符,没有一定的功力是做不到的。二胡是弦乐器,演奏时凭借的是演奏者在刹那间(1/10秒内)手指分辨音准和音色的能力。演奏者乐感稍微差一点,或者手指的位置稍偏一点点,就会跑调,就会出现我们平时形容初学者拉二胡音

不准的"杀鸡"声。裘老师若是没有娴熟的技艺和对曲子的烂熟于心,是绝不可能在睡眠状态下演奏的。 正所谓"台上一分钟,台下十年功",能在城市的喧嚣中,听二胡独奏,是难得的享受!从什么曲子开始呢?

说到二胡曲,人们多半会想起瞎子阿炳和他的《二泉映月》。那如泣如诉的琴声,把阿炳生命中所有的愁肠百结都浓缩了,听了使人愁肠百转。裘老师说,他一直不敢拉《二泉映月》,原因是"进不去"。他说,即便在课堂上,他也不赞成学生拉这首曲子,宁肯他们以后自己去学,等他们的心智能够感应曲子的时候。

聚在一起听裘老师拉琴,我们要求他拉一首能让我们心情舒畅的、欢乐的、柔美的、阳光而有诗意的曲子。"那就从《骑马挎枪保边疆》开始吧。"裘老师说。

尽管是熟悉的旋律,但在室内近距离地聆听,我们更容易跟着演奏进入状态。裘老师那轻快的跳弓,把我们带到了马蹄声声的边疆,一群年轻的战士,怀着对祖国的热爱,满腔豪情地巡逻在祖国的边防线上。此时的我仿佛正在跳着高中时的一个舞蹈《草原女民兵》。是的,迎着朝阳,我正英姿飒爽地巡逻在祖国的边疆……那场景和乐曲所表现的内容是那么惊人的相似。

是《空山鸟语》中的鸟鸣把我唤回到现实中,琴声把我带到空阔深邃的山间。我仿佛躺在树下,身上落英缤纷。蓝天白云,阳光明媚,空山寂寂,百鸟鸣唱……《秦腔主题变奏》倾诉着王宝钏18年寒窑的悲苦。《春江花月夜》把我带入一幅春江月夜的秀丽图画之中。夕阳西下,江面艳红如火,音乐声袅袅娜娜传来,散入落霞斑斓之中。凭栏远眺,一江春水缓缓流淌,暮霭轻轻袭来,似淡淡轻烟笼罩江面,霎时不见人与船的踪影……看那儿,一轮皎月升上东山,明月朗照驱散了薄雾,山川清明澄澈。月光洒在江面上鱼鳞般银光闪闪,惊扰了江滩上的一只宿雁,它扑棱棱飞进了对面的杨柳林中。清风摇动竹枝,搅得花影零乱,幽香飘散。听呀,谁人在吹笛弄箫?清悠的笛声、幽雅的箫声,和着高亢悠扬的渔歌在江面上回荡,他们多么悠然自在。夜深了,扣人心弦的乐声和歌声,随着船橹摇动的哗哗声,越飘越远了,滑向了水云深处,飘向了芦荻岸边。江面静悄悄,只有点点闪烁的渔火,伴着枕江而眠的人儿。

多么美的意境啊!令人流连忘返,百听不厌。

接下来裘老师演奏的是《良宵》《葡萄熟了》《战马奔腾》,从柔美、舒缓、欢愉到快节奏的运弓,裘老师的演奏激活了每一个音符。演奏到《战马奔腾》时,战马的嘶鸣和马蹄的踏踏声,更是模仿得惟妙惟肖。雄壮、激越的琴声中,我发现裘老师整个人也奔腾起来了。他那么享受地沉浸在乐曲中,让我理解了他所说的演奏《二泉映月》"进不去"的含义。

那是一次音乐的放逐和流浪,听得我一时难以自已。

二胡也叫胡琴，是从北方胡人（匈奴）传过来的异族乐器。二胡流浪的经历，决定了它是有悲悯情怀的，它适合演奏悲凉的曲子。巧的是它传过来的时候，可能没有想到会碰到瞎子阿炳这样一个巫师般的人物。更没有想到瞎子阿炳会把他悲剧性的命运融进二胡，从而使二胡成了和他一样流浪的精灵。

有人说，一首歌曲代表一个时代，我们会在唱起一首歌的时候，想到那个时代。乐曲也是一样，当我们听到《二泉映月》的时候，我的眼前就是当年流浪的阿炳。

乐曲的奇妙之处，就是能把表现我们人类的快乐、痛苦和悲伤演绎成享受。

在一个暖暖的午后，让心流放在一首首曲子里，是一种怎样的享受？

由此可见，我们还有能力流浪。

三 乐在其中

做你的听众

很偶然地打开电视，CCTV 的音乐电视频道便跳了出来，我立刻被如泣如诉的旋律吸引住了。画面上是一个拉小提琴的背影，身子的转动幅度不是很大，但能感觉到他内心的波澜壮阔。近景中，聚光灯下毛茸茸的手指在抖动。这是在拉颤音，很显然，是个国外的小提琴家在演奏，旋律是熟悉的《梁祝》。这首由何占康和陈钢作曲的小提琴协奏曲，30 多年前曾风靡一时。

旋律还在继续，我沉浸其中，不能自拔。那还是在 30 年前的农村，百来号人挤在小小的操场上看电视，播放的就是俞丽娜和她的同伴演奏的小提琴四重奏《梁祝》。从那一天开始，我就没有接受过其他小提琴家演奏的《梁祝》，包括最优秀的小提琴演奏家盛中国演奏的《梁祝》。尽管他把这个悲情的爱情故事演奏得丝丝入扣，我都认为不能和俞丽娜的演奏相比，因为在情感的处理上，俞丽娜她们融进了女性命运悲剧性色彩的演奏，已经先入为主地占据了我的听觉。这里的确有女人先天的优势，但凡艺术，经女人演绎，

三 乐在其中

就会不同寻常。就这样，我把这种在具体到一首曲子演奏上的性别之偏见一直带到了今天，并根深蒂固地封存在我的内心之中，坚持再坚持。

沉浸在这样的旋律中，哪怕流泪也是幸福的。

合着《梁祝》的节拍，感受梁山伯与祝英台相爱的绝望，把我带到了那些艰苦的日子，岁月一下子就回到了从前。而眼前看到的，却是世界著名小提琴演奏家奥古斯丁·杜梅和中国爱乐乐团演奏的《梁祝》的情景。一个外国人，能把一首中国曲子理解得这样透彻，真的有点不可思议。此刻，随着杜梅手指的跳跃，音乐一会低沉，一会忧伤，一会如泣如诉，特别是演奏到梁祝对话的时候，与杜梅配合的是女乐手，她用低沉浑厚的大提琴诉说着梁山伯苦苦的相思，把听众带到了这个爱情故事的核心部分。这种在京剧里常用的角色反串，使演奏达到了精美绝伦的境界。特别是乐曲的最后一个泛音，像一根丝线，把听众带到了很远很远的地方……

演奏结束的时候，场内一片寂静，几秒钟后才爆发雷鸣般的掌声。而我注意到，杜梅的脸上没有任何修饰的笑，取而代之的，是演奏完一首心爱的曲子后发自内心的快乐和幸福。

那一刻，我觉得做杜梅的听众是非常幸福的。

你没来,我就懂了

朋友家的花园里,有一棵七八米高的树。某一天,朋友发现,树上有小鸟筑了一个窝。开心之余,自作多情地去买了一个鸟窝放在该鸟窝的下面,还放了一些买来的鸟食。可是,小鸟们不吃那鸟窝里存放的食物,光是叽叽喳喳地叫个不停,朋友虽不明白怎么回事,却依然兴奋地告诉我:"他们家花园的树上,终于有了一个真正意义上的鸟窝。"

那是一棵红枫树。一个春天的滋润,新芽已经抽出来了,格外的鲜红,美得像一团火。

这棵树不大,枝叶却很繁茂,让那个小鸟窝躲在里面异常隐秘,不在近处,怎么努力也看不见。我借助朋友的望远镜,终于看到了这个鸟窝。而且,在朋友"蛐蛐"的口哨声中,几只可爱的小鸟被诱惑着探出头来,拼命地张开小嘴。其憨态让人忍不住要喂它们几口鸟食。

我们怕惊扰了这些可爱的小鸟,都不敢靠近。只是在心里疑惑,

乐在其中

为什么近在咫尺的食物不吃?想来想去,觉得小鸟们更大的可能是被我们人类的溺爱搞怕了。它们不敢随意吃人们喂的东西,并已经成了习惯。

我记得,有一年我们在昆明翠湖看海鸥,那些白色的、漂亮的鸟,是景点的一道风景,因此,有专门供人喂食的节目。朋友调皮,想试试那些鸟们的机灵,故意蹲在那里,戴了白色的帽子,把食物放在冒顶上,得意地等待着鸟的反应。

那次的记忆非常深刻,那些鸟看到食物,从空中俯冲下来,待发现下面是一个人时,一个漂亮的大拐弯,像一条弧线地飞走了,只留下我们哈哈大笑。

显而易见,动物害怕人类。海鸥们尚且如此。那么,作为爸爸妈妈的鸟,还敢给小鸟吃不是自己衔来的食物吗?

我想起,我们家花园里也曾经有过两个鸟巢,分别在东面的柚子树上和南面的枫树上。可是,我们光是见到这些鸟巢,从未见过有鸟飞进鸟巢。为什么筑了窝却不来?我们问了很多人,讲法也很多,其中就有说这些鸟筑了窝以后,出去觅食,被人打死了,听后心中已是不忍。不管什么原因,这些鸟自从把家建在我们家花园的树上以后,就再也没有来过,开心之余多少有些遗憾。

后来,我在朋友家的厨房聊天,窗口传来激烈的鸟叫声,我们都在纳闷为什么唯独今天的鸟叫声特别激烈?我忍不住又跑去看那

些小鸟,还是用朋友的望远镜,甚至还学着朋友吹了口哨,可是,再也没有看到有小鸟的头探出来,我不死心,拿了手机到花园,跑到树下,想近距离地看看这些小鸟们,可是树叶太茂盛了,始终看不见。我只好用手机把两个鸟巢一起拍了下来。

照片里,树上的鸟巢非常漂亮。于是,我把照片发给了一位朋友。朋友只回了我3个字:好漂亮。

再后来,我们还是惦记那些可爱的小鸟,顾不上吃晚饭又去看了,却见朋友很紧张地过来说:"不对劲,那里有蛇。"于是,他慌慌张张地拿了剪刀,还戴了手套到了树下。我拼命阻止他:"千万别杀蛇啊!那些神灵是不能碰的,只把它赶走就可以了。"可是,朋友很果断地过去,用剪刀把蛇剪了下来。放到地上一看,蛇有一尺半长,很细,直径只有1.5厘米。但是,它的肚子里,已经有了1只小鸟。呜呜,那个鸟巢里,一共有3只小鸟,其中有1只还在胚胎中,却已经被吃掉了1/3。我这才醒悟,刚才那些惨烈的鸟叫声是小鸟在向我们求救啊。

这是一种怎样的杀戮?刚刚出生的小生命,甚至还没有吃到爸爸妈妈衔来的第一口食物,就莫名其妙地葬身蛇腹,想想真是后怕。不知道外出觅食的鸟妈妈回家后看到这样,该是怎样的悲伤?

我看着那条躺在地上被剪断了身子的蛇以及由蛇肚里淌出来的小鸟的尸体,一身冷汗,顿觉后脊梁冷飕飕的,太血淋淋了。

三 乐在其中

这样的杀戮,若非亲眼所见,当真不敢相信。

动物世界的弱肉强食虽然总有耳闻,但亲历所见却是第一次。我突然发现:我们眼睛里动物的可爱,其实,是多么的表象和肤浅!

我用手机拍下了这个血淋淋的场面,然后赶紧发信息告诉朋友:"刚才你看到的'好漂亮'画面,已经演变成一场现行杀戮。一只小鸟被蛇吃掉了。但是蛇,也被朋友除了。"我没有用"杀"这个字。自从接受了一些佛教理念,我对于杀生总有莫名的畏惧。"除"就不同了,那是为了保护另一种生命,也是为了让蛇早日脱离生死。果然,朋友给我回了信息,告诉我:为鸟除害,英雄!

但是,我却在想,作为生命,蛇的生存法则决定了它的生活方式,让蛇不吃肉,其实就跟让它不吃饭一样,还是眼不见为净吧。我请朋友好生埋了它们。或许等到来世,蛇和鸟就不是像今天这样的天敌,而是兄弟姐妹呢!但愿如此。

我现在相信,鸟们喜欢在枫树上筑窝,可是蛇会闻着味道找到那里。这就是为什么我们家鸟窝筑好以后,鸟们却不来了。我脆弱的心,已经受不了这种杀戮了。谢天谢地,鸟儿没来。

女人剪发的心事

不知道从什么时候开始,女人对于头发的剪裁和打理开始在意起来。

她们把一头漂亮的头发当成自己的第二张脸,一旦修剪不理想,就会沮丧乃至号啕大哭,连夜求了理发师加班,非改成满意的款型不可。

像这样的女人,绝对不是少数。

虽然女人剪头发多为美观,但剪头发之不理想的事时有发生,随缘的女人郁闷几天也就罢了。毕竟头发如生命一样生生不息,再怎么不理想,过一年半载,它就悄悄地长了,不露痕迹地再次给你打理它的机会。

有女人告诉我,剪头发是要看日子、看心情的,更有甚者,还要看子女的脸色。这句话说得很经典。就比如我的妹妹,他儿子坚决不同意她剪去长发,尽管她的头发因为疏于打理而显得缺乏营养,

三 乐在其中

她还是一如既往地扮演着"梅超风"的角色。当然新版《射雕英雄传》里"梅超风"已经被杨丽萍演绎得美妙绝伦,但女魔头的名声总是让人联想颇多。

剪发要看日子的女人,我猜 B 型血的人为多。这样的女人,做事认真仔细、事必躬亲,还很珍爱自己,所以对剪了头发以后的自己,究竟有什么运势非常在意。她们一般把身边的任何事都和自己的命运联系起来,作为身之宝物的头发,就更不必说了。

我有一闺蜜,30 多年来一如既往地留着长发,如今头发日渐稀少,早没有了当年的风采,却仍然一头长发披肩。我感觉她一直活在 30 年前的日子里,每每见之,总是不胜感叹,能把岁月固定在某一个时段里的人该有怎样的坚强?我有时候看她,总感觉有些接不上气的虚脱,好几次想开口对她说:"还是剪了吧,一把年纪了,精神气已然不够对头发的滋润了。"话到嘴边,还是缩了回去,想人家的精神气是不是接得上,我又怎么知道?这不是"替古人担忧"吗?再说,萝卜青菜,各有所爱,我有什么资格强求别人的意志?只是我不知道,她那个关于剪头发的日子,要选什么日子和什么心情?

我最欣赏和喜欢的是星妹妹的长发,开始不怎么在意她的长发,只感觉那么长,几乎拖到了屁股后面,很随意地在后脑勺扎了一个马尾巴。某天一起出门,在旅馆的床上,突然发现一身睡衣的她,一头长法披散着挽到胸前,坐在那里像一尊柔软的雕塑,美到了极至。那么美，是因为发现那头发的浓密透着蓬勃的生机，我由此想到了她那些精美的诗句，似肥沃土地里生长的愿望并蓄势待发。她改变了我对于长发的看法，我第一次想到，有些人是需要头发去滋养的。

剪头发之最没性格的女人如我，剪头发就跟去菜场买菜一样，摊主说今天的青菜新鲜，你就别买萝卜了，我就乖乖地买了青菜。前几日，原本想好了去把发梢烫一下的，理发师说还是烫个卷发吧，这样看起来精神。这不，一头直发就成了卷毛，更伤心的是，回家问葡萄："奶奶的头发好看吗？""不好看！"小丫头回答得蛮干脆的，童言无忌，只是她不知道，我听了以后心里感到有多失败。随意和随便一样，是需要成本的。

女人剪发也有很任性的，居然把头发当成筹码。

我电视台的一个同事，不仅人漂亮，头发也美，一场失败的恋爱让她万念俱灰，一怒之下剪了头发，发誓从此不再谈恋爱。我眼睁睁地看着这个漂亮的女孩，从浪漫变成平庸的模样，不知道该开心还是该忧伤。

有时候想想，女人剪发就如裁剪她的生活，全凭着心境和情绪，其结果却一样，剪掉的、留下的无非都是生活，其实不必太在意。

三 乐在其中

曰"自得"

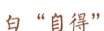

闲暇时听得最多的是"善待自己"和"自得其乐"这样的话语，也知道说的人未必真正能够做到。想来也对，正因为做不到，才会在人前人后不断地重复，免得在关键时刻忘了这需要自得的快乐，反而会自寻烦恼。醉翁之意不在酒，这样的说教，其实是在借着提醒别人的同时，也给自己打气。

前几日，沉浸在工作中忙了一段时日的自己，突然觉得整天这样忙到忘乎所以，实在没什么意思，所以，一旦朋友相邀出去走走，我便毫不犹豫地答应了。

微雨中我们驱车一个多小时去了一座千年古镇。古镇虽古，名字却叫新市，让人联想那里永远是一个年轻的城市。小镇的文化积淀没得说，曾经出过孟郊，一首《游子吟》成了千古绝唱。元代也曾出过著名的书法家、画家、诗词作家管道升这样的杰出女性。她的那首"你侬我侬，忒煞情多；情多处，热似火；把一块泥，捻一个你，塑一个我。将咱两个，一齐打破，用水调和；再捻一个你，再塑一个我。我泥中有你,你泥中有我:我与你生同一个衾,死同一个椁"的《我侬词》,让那个曾动了要纳妾念头的赵孟頫看后感动得死心塌地,与她做了永无二心的夫妻。妻子做到这个份上,也算是有脸面了,更何况还是个才女。

前些日子在市里举办的赵孟頫作品回家展上,我最喜欢看的倒是他的字画。虽然有些看西洋镜的味道,但喜欢一个人就是这样没道理。

饭后,我们冒着细雨走进景区,穿行在小桥流水人家间,静静地感受江南丝丝小雨下的小镇,虽有些寒意,却别有一番情趣。许是还在开发阶段且又不是旅游旺季吧,景区里没什么人。很多店家开了门却不怎么招揽生意。即使看我们进了门,也依然自顾自打牌。我们叫了几声,那几位还是继续扎在牌堆里不舍得出来。直到我们用不耐烦的声音喊"出来",那个40多岁的老板才懒洋洋地站起来,有气没力地接待我们,其状态依然进不了老板的角色,乃至后来我们中的一位买了一块玉佩,他才慢慢有了老板的架势。让我们倍感欣赏的是这个小镇老板的心态,就像他店门口的那条小河,永远是那样的慢慢悠悠、波澜不惊。无论我们怎么说、说什么,他都一律报以宽容的微笑。后来,看我们不是恶意杀价,干脆让我们开价,如此皆大欢喜。

再后来,我们去看了一些古家具和雕刻作品,要不是老马想着要回单位做她负责的版面,我们还有得逛呢。不知不觉地走到了曾

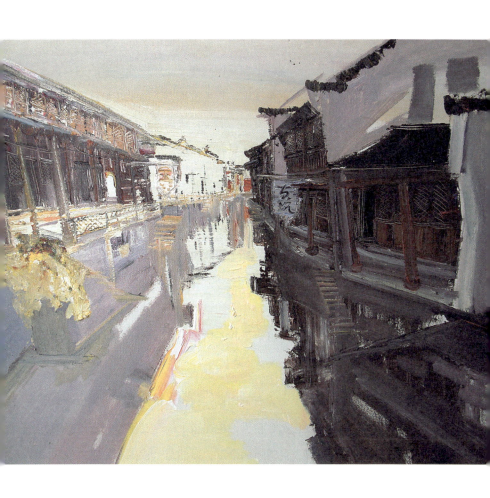

经来此拍过电视片的地方，想起那次是我和省卫视台合作，拍了一部电视散文的一些片段。年代虽然不是很久远，却已经想不起当时在这里拍的是散文中的哪一段了，只依稀记得一些镜头和一些串不起整段的内容，以及在那个天井里走进走出地拍了好几个来回。如今，这里的天井经过修缮，更加有模有样了。可是故事里的内容甚至故事里的人，此刻都不在现场。我走过那里，前尘往事就像一阵风，已经消失在岁月里，淡得不露痕迹。快离开景区的时候，朋友坚持让我们去一家经营古玩的店里看看。那店铺的主人，看上去有些仙风道骨。他专心地看自己的书，仿佛我们的到来与他无关，更不理我们这些俗人。我们进店一看，发现这个店更像个微型的收藏品集散地，古玩、篆刻、字画，甚至匪夷所思地挂着一张民国时期天津警察局颁发给一个妓女的一张营业执照。那上面有为生活所迫需要卖淫的原因，有审核批准的文号，有交纳税金的记录，可谓完整且规范的营业执照样板。我想，如果碰上一个搞收藏的人，不知会怎样的欣喜若狂呢！只可惜，我不懂也无意收藏，总觉得让那段历史留在那个地方与我无关。

朋友中有人看中了一方石刻印章，讨价还价地买了一块。我东瞧西看，觉得不买点什么亏得慌，也在边上给自己挑了一方漂亮的红色石刻印章，刻着"自得"两个字，显然是一枚闲章。店主说印章的石头选自寿山石。我不懂那到底是什么样的石头，只觉得那石头红得厚重，有些像红木，眼缘不错就买下了，仔细一看，上面有"醉石刻"3个字。朋友告诉我，这方印上的醉石，是西泠印社的

三 乐在其中

创始人唐醉石,如若真是他刻的作品,应该是件好东西。

  我买下这方印章,是喜欢石头漂亮的颜色,本来是想以后请搞篆刻的朋友帮我刻一枚自己的私章。听朋友这样一说,随即打消了这个念头,决定保留着它。只是我不画画,也不会书法,这方印章于我用处不大,仅作为收藏,说不定将来有一天,天上掉下一幅如吴昌硕、赵孟頫一类名人的画,我再敲上这枚图章,便能借得名人的光坏风光一回呢!且留着这方"自得"吧,它原本就是自得的。

  我想起了时下很有名的教授易中天的一句话:"一个和谐的社会就是君子能够独善其身,小人能够自得其乐。"当然,这里的"小人",是指普通的、平常的小百姓,是中国人里的绝大多数。一枚闲章让我自得这多的联想,也不枉花了我260元购买!只可惜,那枚闲章后来送给了一个下落不明的人,让我白白"自得"了一回。

我在江南惹了你

小溪要流向远方

那是一次普通的家宴。大约10年前吧,我去无锡顾家和老朋友素会面,好客的主人设家宴招待我们。正当我们饥肠辘辘地端坐桌前等着男主人出现时,小主人发话了:"等下我爸爸进来,一定会说,对不起,对不起,让大家久等了!"脆生生的话音刚落,就见门外匆匆进来的男主人,边脱鞋子边说:"对不起,对不起,让大家久等了!"语调的惊人一致让在座的我们哈哈大笑。一时间把男主人、孩子的爸爸笑得莫名其妙。

这是我第一次对这个女孩产生了深刻的印象。她是杨溪林,一个像溪流一样清澈的女孩子。

记得当年阅读这个三年级女孩的文字,我的心震撼了。还有比这更干净的叙述吗?还有比溪林的想象更丰富、内心世界更多彩的吗?我不知道。因为我就像一片傻傻的树叶,被这"溪流"携带着,流经了这个女孩的心灵世界,依稀触摸到了这个女孩在这人世间的心路历程。无疑,这是一道超越尘世的精神大餐。

三 乐在其中

溪林的诚实、善良、机智和善解人意，她的想象、求知欲、描述的细腻、社会责任，还有心中深藏的爱，仿佛是这浑浊世界里的一汪清泉，把成人世界里的浑浊涤荡了，让我们感受到了一种久违的纯真。读读溪林的文字，我仿佛被洗涤了心灵：

"我买了一盆含羞草，听说含羞草的叶子一碰就收拢，正好天气冷，我为了让它暖和些，就用手碰了碰它。"

这种体贴入微的描述，没有深藏心中的爱，又怎么能写出这样的文字？我被深深地感动了，而这样的地方，在文章中比比皆是。

比如，她写给爷爷的信：

"现在是妈妈给您寄钱的时候，我请她也帮我寄了 200 元，那是我 9 岁生日时小姨给我的。又到了收割的季节，爸爸让您不要到农田干活了，更不能累坏了身子，您听爸爸的话了没有？"

我们中国人习惯说"有其父必有其子"。同理，从溪林的字里行间，我无处不在地感受到作为父母亲的影响，特别是她母亲顾颖倩的影响。

顾颖倩是素的朋友，按照"物以类聚，人以群分"的道理，如今，也是我的朋友了。虽然我们接触的时间不多，但她待人接物的热情和诚恳，她为人处世的智慧和爱憎，是我一直在心里大加赞赏并作为楷模的。作为一位军嫂，她既要干好自己的本职工作，又要带好孩子，孝敬公婆，业余时间还要码码字，搞搞文学创作，其辛苦是不必说了。好在她是欣慰的。如今，女儿在她的影响下，已经成为一个好学上进、聪明伶俐的小姑娘，并雄心壮志地要当一个小作家呢！

小溪要流向远方，

大地在向它苦苦哀求：

你留在这儿吧！

让我们共享这美丽的春光。

小溪无视大地痛苦的脸庞，

它用欢快的歌声答道：

我要寻找我的归宿，

那里将是无尽的海涛。

正如这首小诗中所表达的，眼下的溪林，已经像小溪一样，一路冲破艰难险阻，奔向大海。目前的她在大洋彼岸的美国学习做法官的知识。在我落笔的时候，她正应邀担任模拟法庭社团的管理员。用她的话说："我欣然接受了社团的任命，面带微笑、平静从容地表示我会处理好一切的……其实我内心的狂喜如海上台风，惊涛骇浪、波涛汹涌不足以描述。"而我知道，我们能做的，只是期待。

四 寸草春晖

因为您的宠爱,我才可以将爱恨情仇任意挥洒;也因为上苍赋予的缘分,我才如此贪婪地渴求生生世世。

四 寸草春晖

天堂不寂寞

我老是觉得这是一场蓄意的"阴谋"。

2017年3月10日,周五。那天,我要请朋友吃饭,跟往常一样,饭后到我家喝茶,然后畅所欲言,老朋友、老同事和新朋友,大家能说会道,斗唇合舌,而您总是眼睛盯着电视机,不时转过头来看看我们。您的座位跟我们喝茶的地方正好成60度的角,看过来一点不费劲。然后,有朋友会走进您的房间,问:"认识我吗?"您仔细看了,又使劲想了想,然后老老实实、非常抱歉地说:"不认识了!"而更多的时候,您会笑笑说:"你是某某老师,你是某某某。"我的老同学,老朋友,甚至忘年交,您都记得。当您说出他们的名字时,有如释重负的轻松。这是您多次摔跤后手术,麻药给您带来的记忆力严重衰退。它们跟您如影随形,而您总是尽力地想甩了它们。您努力锻炼自己的记忆力,强迫自己记住这些,记住那些,几乎都与我有关。

下午4点多,我在挑选出门穿的衣服,女人就是这么麻烦,满柜子的衣服都放不下了,却总是少了那件出门穿的衣服。突然,表姐说:"麟慧,你来,好像娘娘(湖州话'姑姑')不好了!"我打心里一抽,赶紧过去,看到您脸色发青,正费劲地想吐痰,可是,怎么也吐不出来。这种情况以前也有过,我想起医生的嘱咐:把您侧过来,轻轻拍您的背,用制氧机给您吸上。慢慢地,您就缓过来了。

我赶紧让表姐拿出制氧机,慢慢把您放倒侧身躺下来,给您戴上制氧机吸氧。可是,您依然喘着,情急之下,我打电话通知能想到的亲人,没过多久,您的呼吸慢了下来。突然,您挣扎着要起床,我看您的表情,明白了您是想上厕所。知道我们犟不过您,只好扶您起来,看到您脸上扭曲的表情,我就知道您有多难受。等我们再次把您扶到床上,您的表情舒缓了,呼吸也慢了,轻了。这时候,您的孙儿来了,我赶紧说:"王唯杰,过来叫奶奶。"孩子走近您,在您的耳边轻轻叫:"娘母(土话奶奶),毛毛(土话对婴儿的称呼)来看你了。"侄子20多岁了,却一直被您宠爱地叫"毛毛"。当他话音刚落,我感觉到您一直砰砰跳着的脉搏慢慢弱了,直到完全没有。您就这样走了,了无牵挂,没有半个字的交代。我和妹妹一人握着您一只手,拉不住您离去的脚步。那一刻是2017年3月10日下午4点40分。

我用热毛巾轻轻擦拭着您的脸,轻轻吻了您带着余温的额头,这是此生最后的吻别,虽然之前我从未吻过您。我们似乎都随您,

四 寸草春晖

不善于表达过分亲昵的举动。我为您盖好了被子,拉上了窗帘,把您生前一直听的念佛机打开,让《大悲咒》的梵音陪伴您,然后轻轻合上门。您驾鹤瑶池,一切都显得那么从容,难道是为了去另外一个没有病痛、没有饥饿的世界,寻找等了您33年的爸爸吗?

曾经有老师告诉我,人死了,其实是肉体的消亡,灵魂依然存在。我从电影里也看到,人明明死了,可是听到亲人的呼唤,他还是会流泪。这使我很疑惑,人有灵魂吗?如果有,是什么样的?以前,我们总是把科学不能解释的东西当成迷信,可是自从我知道日本人做的那个关于水的实验,就相信万物都是有灵性的,更何况是人。他们把两杯相同的水放入冰箱,天天赞美一杯水,天天咒骂另一杯水,结果,那杯被赞美的水一周后依然清澈,而那杯被咒骂的水却已经浑浊不堪了。基于这样的考虑,我希望您就这样安安静静地躺着,等过了3天,我们才把您送殡仪馆。可是,弟弟妹妹不同意,为了这事,我们吵架,我甚至搬出了救兵,请师父说服他们,可是无济于事。一句湖州人的规矩就把师父的话怼了回去。悲愤之下,我甚至把气撒在了儿子头上,对他狠狠地"呸"了一句。然后,我跟弟弟妹妹僵持在那里,谁也不肯让谁。

这时儿子开口了,他说规矩要讲,我妈妈的感受也要顾,这样,我们晚些把外婆送殡仪馆,晚上9点可好?既照顾了妈妈的感受,也兼顾了湖州人的规矩。

不多久,师父发来信息,只两个字:恒顺!

我想起师父不止一次的告诫：

因缘具足时，不管怎样都会发生；因缘不具足时，无论如何也挽留不住。懂得这一点，很多痛苦就不会有。

因为师父的"恒顺"，也因为儿子的那段话，我答应儿子的办法，决定退让一步。

大家都在等待那个约定的时间，一时间无话可说。

没想到过不多久，师父给我打电话，说他已经下了高速口，正在来我家的路上，让我把地址传给他。

我有点手足无措，让师父赶来，绝非我的本意，可是师父来了。他为了不违背我家人的意愿，又安抚我的悲伤，居然亲自赶来。这样的恩惠，已经远远超越了佛教的慈悲而进入到更深的救赎层次。我为自己那个任性的电话深深忏悔。师父，我要怎么做，才能报答您的慈悲？

来不及喝一口水，师父就到您的房间，为您念经超度。我像傻瓜一样站在旁边，脑海里是您平日听佛念经的点点滴滴。

当您被确诊患了食道癌，我们选择了无为而治。想来您都已经87岁了，已经开过两次刀了，您瘦骨嶙峋的肉体，还能经得起开刀、化疗和插管的折腾吗？不，坚决不。于是，我们替您选择了顺其自然，我梦想着也许癌症就像花，您挺过了它的盛开也许它就凋谢了。

四 寸草春晖

我甚至跟医生也聊过这个话题，医生很委婉地告诉我，癌症这个东西太坏了，它是哪里有好土壤就往哪里钻。我想，这就是我们通常所说的扩散。但是，我希望您不同，我希望老天会眷顾我，让我再陪伴您，让您把爸爸的年纪活回来。可是……

一个多小时后，师父出来。他说："你们可以给老人家穿衣服了。"

于是，我拿出您早就准备好的寿衣，同妹妹和弟媳一起给您穿上，您的肉体那么柔软，虽然手已经微凉，但您的胸口依然温暖。

按照程序，我们打了120电话，让他们来确诊您的离去，接着，给殡仪馆打电话把您接去。我实在不忍看着您被放进冰冷的冰箱，便独自留在家里整理后续事宜。

等我忙好赶到殡仪馆，您已躺在那里，悄无声息，冰冷的风轻轻吹过您结满冰霜的眼睫毛。被风掀起的陀罗尼被，像一面小小的旗帜飘扬。而您，如此淡定，对这一切无动于衷。其实，您有过飞扬的时候吗？也许，在您结婚的那一天，您的心该是飞扬的吧？毕竟，您嫁的那个人很帅，还出身世家，他那满脸的书卷气，正是少小离家要饭的您所缺少的。因为您知道，尽管他只是个初中生的水平，但他毕竟出身好人家，要不是家道中落，他应该是个大户人家的少爷，您连见他的机会都没有。

那么，以后的日子，您有过快乐吗？您生孩子、工作，累得像条狗，工资永远不够花。您的心里总是在愁明天的生活费，快乐对您来说太奢侈，实在消受不起。那么，孩子的到来有没有让您快乐呢？想来，把孩子交给别人照看，心和力都是操劳多于快乐吧！但毕竟您是有过快乐的。

比如，您那会儿被分配在食堂工作，那些新分来的大学生饭票不够用，您总是偷偷地给他们多盛一点。这个我信，我念书的时候，有同学是外地人，在您工作的单位食堂搭伙，您总是对她照顾有加。为此，您还被同事批评，但是对于天性善良的您来说，这些批评就是耳边风，吹过就散了，因为您做这一切是出于自然的本性而不是刻意的。如果我没记错，某次您还说起一个调皮的大学生，为了不让同事有意见，每次买饭时故意把饭票的背面朝上。您自然心领神会。说这些的时候，您脸上浮现出无辜的笑。我很欣慰，因为您是快乐的。

之后呢？孩子慢慢长大了，您还来不及享福，爸爸就走了。爸爸走得急，你们甚至来不及告别。这是怎样的痛？那天您去医院送早餐，结果病床上已经没有了爸爸。等您赶到太平间，爸爸一个人孤零零地躺在那里。那一年爸爸还不到退休年龄，过早地风餐露宿，还有无边无际的郁闷，让他患上了肝癌。跟病痛抗争了5个多月，爸爸最终不敌病魔，败下阵来。那是1984年5月21日。

爸爸等了你33年，您现在去见他的时候，他会不会笑话您的白发，笑话您变得那么骨感，会不会嫌弃您老了，毕竟您都已经

四 寸草春晖

88岁了,听说另外一个世界的人不会衰老。而他离开的时候,60岁还不到呢!

您是真的走了吗?连一句道别的话都没有。我握着您软软的手,不忍放开,又不敢唤您。我实在是怕您分心,又回过头来,为了那一点点的贪恋,让您再次堕落到饥饿和病痛的世界中。那句"给我一口热饭"的话,总是萦绕在我耳边,久久不肯离去,我又怎么忍心唤您回来呢?

今天,我们把所有的灯都点亮了,期待您招呼说:"关灯,别浪费电。"可是,您再也发不出声音了。想到您的节约,恐怕普天下也是少有吧!比如,夏天把冷水放到太阳下晒热了再放到炉子上煮;开水瓶必定是一口气烧满的,因为这样连续着可以利用余热;家里吃不完的剩菜剩饭,都是您的美味。长此以往的结果,让您的食道患上了癌症,可它像个潜伏的特务,一直隐藏得很深,若不是数次开刀,您的体质大幅度下降,它也许就这样跟着您终老。终于,它们还是来了,青面獠牙,恶狠狠地吞噬着您的细胞。而您,却已经不认识它们了。您一天一天地熬日子,对您的病痛默不作声,您哪怕喊一声:"我疼,请给我打止痛针!"我们也好有个安慰,可是您就是不说。后来表姐告诉我,您曾一次次地对她说:"我为什么不死?"而这些话,您从来不舍得跟我们说,您用沉默来抗拒病痛,从不呻吟一声,让我们错以为一点一点啃食您生命的癌细胞,正如那绽放的花,总算到了凋谢的时候。

事实证明我们太天真了。

那些天,您到底是糊涂了还是更清醒了呢?您认识老朋友,却不记得刚吃过的晚饭;您认识钟表,却怎么也搞不清时间;您认识人民币,却怎么也数不清数字;您用热水袋敷胸口抵抗疼痛、用烟缓解饥饿。而我们却怕家里着火剥夺了您的抽烟权,如今每每想起,都会有说不尽的悔恨。早知如此,不如让您尽兴地抽,只要您开心,抽它个天昏地暗。

除夕,我们抱您出来吃团圆饭。您看着满桌的菜,露出惊喜的眼神,我们给您夹菜,反复交代咬咬就吐出来,您认真地咬,就是不舍得吐,这是您在人间最后的美味。之后,您就只能喝汤,吃糊糊。饥饿让您深深地渴望一口热饭,可是您一旦吃了,吐的比吃的多。记得那天晚上,您认真地数着孩子们给您的压岁钱,一遍又一遍,一直数到深夜。第二天起床,您接着数,每当看您数了一天也数不清的数字,我们总是在背后嘲笑您,却在开心的大笑之后突然泪水奔涌。

此刻,孩子们在送您最后一程。爸爸在那边等您,此去极乐世界,您的路途顺畅通达。都说那里没有饥饿,没有病痛,您奔向那里的身影,该是轻舞飞扬。

离开了病痛和饥饿,您就解脱了。而我,为什么回到没有您的家,心会感到那么冷、那么疼?贴心的川川对我说:"阿姨,你想

四 寸草春晖

她了,就看看天,她肯定在那里。"您在那里了吗?

今年清明节那天,我们去给您和爸爸上坟,殡仪馆的海棠花开得热烈,跟我们家门口的海棠花遥相呼应。回来惊闻您最好的姐妹大大阿姨27日也驾鹤瑶池,两姐妹相差半个多月,是巧合还是冥冥中你们的约定?我不知道。在天堂,您不寂寞,更何况,还有爸爸。

爱最大的真相是不管在哪里,你我都安然无恙。而此刻,我只能在心里叫一声:"妈妈!"

信来之春

每到春季,我都在想,谁是那个报春者呢?

您是明学长老,苏州灵岩山的住持,佛教界的领袖,而我,更愿意叫您"师父"。

以为跟您总会有一场盛宴。任光阴荏苒,我们端坐四方,稳如泰山,将人声鼎沸坐成空谷幽鸣。没有山珍,不需佳肴,只要静静地、静静地,还是我们几个人、几杯茶,您用乡音浓重的吴侬软语,轻轻跟我们说关于学佛、关于佛家弟子的人间修行。

您会戴着一副近视眼镜,还有除了吃饭睡觉从不离手的佛珠,您脸上有波澜壮阔的淡然,令我们刹那惊心,不敢放肆地高声谈笑。清香袅袅升起,连同您娓娓道来的乡音,这时候,喝一口茶,满嘴都是慈悲。

可是,再没有"以为"。

不记得是哪一年了,该是时日已久了吧,那张照片里的红衣服

四 寸草春晖

都已不见踪影。只是一个夏日,我们姐妹4人驱车两个多小时,来到苏州的灵岩山,来到您住持的寺庙。山上凉风习习,林中蝉鸣声声,小路仿佛向天而去,阳光任性地在浓密的树荫中轻舞飞扬,这样的一个日子,是生命中的一个惊喜。第一次,我们听到用乡音解读的佛家理论,我们得到了父母赐予的名字之外的另一个名字:仁嘉、仁喜、仁和……其实,在您之前,我们还有过一个名字:净云、净慧、净芳。我们也有过一位师父,云南昆明筇竹寺的清禅法师,一个慈祥仁厚的70多岁的老人,那时候他住的筇竹寺,专门给老师父们建了的一个小院,在那里,他给我们讲如何在日常生活中修得智慧身。他曾教导我们,只要心中有佛,扫地、淘米都见花开。可是他太辛苦了,总是在给人治病,身体的、心灵的,而他唯独没有自己,多年忘我操劳,他得了严重的肝病,不久驾祥云而去极乐,让我们失去了一个心灵导师。

可是我们有福,我们有了您。

很多次跟您擦肩而过。

您总是那么忙,四面八方赶来的十方信众,他们有太多的问题要向您请教,有太多的迷惑需要您解答。他们围着您,聆听您不知疲倦的教诲,作为您家乡人的我们,算是不把自己当外人了,于是,不忍打扰。待您有机会回到家乡,终于可以跟您静静待一会了,又有那么多信众等候您的召见,一批又一批,作为您的徒弟,怕您累着,又不忍扰您。以为那一天不需要着急,师徒一场,总有缘分再次聆听您的教诲。就这样，错过了一次又一次，直到有一天，突然传来噩耗，您圆寂了。我突然之间木讷，仿佛身上的血被一下子抽空了，不知道这具躯壳要去哪里去问询"多做好事多念佛"的深刻道理。那些天，日日关注微信里师父的播报，眼见得现场您弟子含泪的目光，有道是男儿有泪不轻弹，只是未到伤心时，眼泪顿作倾盆雨。明知道您驾鹤仙去定会乘愿再来，心中依然惶恐：这部人生的佛典该去怎么念？其实，失去您，伤心的何止是您的弟子？中国佛教界失去了一位高僧大德，徒弟失去了一位好师父，僧人们失去了一位精神领袖，而仁嘉失去了您。所谓师徒一场，难道就是这生生不息的缘生缘灭？

前段日子，我去贵州铜仁的梵净山，那山的高和险，没有勇气是爬不上去的，同去的朋友中，先爬山，再排队坐缆车到达半山腰，对于几乎垂直向上的金顶，也只有不到半数的人敢于挑战。而我想的是，那山再高，于我而言，已经没有"以为"了，想着将来即便有机会再访梵净山，体力也不可能再支持我逞英雄了，就像与师父的那段缘，原以为还可以继续，却不然瞬间成了永远。于是，豁然开朗，决然登顶。

哪有路啊？那是手脚并用，靠铁索攀岩般贴近了山体向上的挑战，那是一失手或一踏空便万丈深渊的险境，而我内心竟充满了喜悦，充满了选择的快感，一定是师父您的神示吧！特别是到达金顶，见到寻常在电视里才能见到的蘑菇岩，建在顶尖上的释迦殿、弥勒

四 寸草春晖

殿、金刀峡,在横跨峡上以沟通两殿的天桥上,我在感叹祖先伟大的同时,莫名想起了师父的那句"多做好事多念佛",才知道师父那句极简的话里所蕴含的深刻哲理:唯有心中有佛,才会多做好事啊!

与师父的缘,断了可续,但是师父交给我的那颗盛满了慈悲的佛心,虽历经高山险境却不能仰止,那是在梵净山金顶熠熠生辉的佛光,将普照大地。

在我写下这些文字的时候,师兄仁和告诉我:"仁者雍容和为贵。"师父何其智慧,能因人而赐名,那么,徒弟仁嘉是不是也该如您所赐的名字那样,将仁者至善至嘉进行到底呢?

师父,您听到这些,会不会淡淡一笑,然后说:"多做好事多念佛。"

季节变换,总有报信者,云、花、树、鸟都是信使,而在我心中,师父也是一位报信者,您把宽容通达、慈悲圆融传递给我们,于是,人间就有了信来之春。

人间有味是平凡

2011年圣诞节的前几天，我们家喜添了一位小天使，她给我们带来了格外的惊喜，像是圣诞老人提前送来的礼物。

在等待孩子出生的时候，夕阳透过窗户照射进来，心醉神迷。突然，那"哇……"的一声婴儿啼哭，仿佛为配合阳光似的，柔软得让我惊为天籁。

激动之下，我乱了方寸，之前准备的相机和衣服，统统都没顾上，只是兴奋地从医生手里接过孩子。也怪，孩子一到我手上，立马停止了哭并睁开了眼睛。啊，一双如葡萄般黑亮的眼睛。

孙女小葡萄的名字由此而来。

新生命的到来，让83岁的母亲异常兴奋。她摸着小葡萄软软的头发和柔柔的被子说："多幸福的孩子啊！"

在母亲的唠叨中，我第一次知道了我出生时的状况。

四 寸草春晖

新生命的到来,让母亲回到初为人母的那一刻。也是这样的隆冬,天寒地冻,刚做了母亲的小女人凌富英,怕寒冷冻坏了孩子,不敢打开包裹我的襁褓,更没敢换尿布,直到阿姆来了,她帮着母亲打开我的襁褓,棉衣棉裤都已经透湿了,冰冷冰冷的。可怜的我,都已经冻得哭不出声音了。

我从母亲淡淡的语气里听出了她今非昔比的时代变迁。母亲说的阿姆,是一家糖果店里的营业员,家人都在外地,平时就她一个人。那时候的她,住在衣裳街老宅里面的西厢房,跟我们家天井一墙之隔。在母亲的唠叨里,我知道那时候爸爸在船上工作,常年在外,月子里的母亲,全靠阿姆照顾。这个照顾,还包括以后的岁月里,阿姆把分配给她的肉票全省下来给我吃了。用母亲的话说:"那时候你爸、我、阿姆3个人的肉票,全喂你一张嘴了。"

说这些话的时候,母亲正抱着小葡萄,眼光散落在远方,她的口吻淡然,思绪飘得很远很远,我从母亲的脸上,看到了岁月浓缩的沧桑。那一刻,我突然有种想哭的冲动。

"阿姆于我们有恩啊!"母亲说。

在我的记忆里,于我们有恩的,又岂止是阿姆?比如,人称"鸡妈妈"的大大阿姨。

大大阿姨是母亲的老朋友,在我们家附近的轮船码头干活。说干活,是因为我实在无法用确切的语言去说明她的职业,工人、农民、仓库保管员、商贩或者营业员?似乎都不是。

这样说吧,她的工作,是看管在轮船码头上中转的一笼笼鸡。笼子里的鸡经过轮船的装运,有些已经不怎么活跃了。如果天气太热或者太冷,就有可能生病或者奄奄一息。这个时候,这些不太健康的鸡就要很快地被贱卖。所以,她工作的环境虽然很臭,但一直很热闹。这是因为那个时候大家都穷,买不起鸡,便把眼睛盯在需要贱卖处理的鸡上。花很少的钱,买个处理的鸡打牙祭,是我们那时候的节日。而我们,总是能优先得到这样的机会。

这样一份工作,我能用什么职业去认定呢?

大大阿姨生了4个孩子,他们家孩子都比我们家孩子年长,所以,对她的孩子,我们一律称呼哥哥或姐姐。记忆中,她家的老三金妹长得最漂亮,美得像金子一样闪闪发亮。对于美丽的女孩,我总是格外的青睐。为了看美丽的姐姐,我会走上四五十分钟的路。可是,大大阿姨的这个女儿后来却嫁给了她们家对门的一个小伙,而且这个小伙还是个农村户口。20世纪70年代,这是非常另类的一个举动。也许是大大阿姨这个职业在城里原本就不怎么体面,也许她们家正好住在城乡接合处,也许她压根就没有城里和乡下的概念。她家的孩子,除了最小的女孩嫁给了同厂的工人,其余嫁娶的都是农村家庭。虽然这样,倒是没有听大大阿姨说起过儿媳妇和女婿的不是,反而常听她口口声声喊"月英,月英"。不知道的人,还以为是在叫她家的女儿,可"月英"恰恰是她的儿媳妇。

四 寸草春晖

现在想起来,大大阿姨还有一个亲戚在安吉县地铺镇。为什么我独记住她有这个亲戚,主要是惦记着她给我们带来的地铺特产香糕。那香糕又松又脆,淡淡的甜,浓浓的香,现在想起,依然是挡不住的馋。那个时候,只要知道大大阿姨去地铺了,我就巴巴地等。总是不断地问母亲:"大大阿姨回来了吗?"弄得母亲莫名其妙。

小时候我们家穷,每到月底,家里的开支总是接不上,多亏了大大阿姨,总是把她的钱借给我们。这样,月底借,月初还,基本成了一个习惯。

印象中的大大阿姨有个大嗓门,整天乐呵呵的。说话大声大气,带着浓厚的绍兴口音。我的记忆中,她就没有忧愁的时候。

几十年过去了,大大阿姨也老了。有一年夏天,她一直在找城里的一个老中医,说是气管炎这个病,要冬病夏治的。我帮她联系好了医生,看过以后,医生确定需要复诊。所以,在药房买了一些药先行调理身体,就回家了。当时,药钱是我付的,并执意不要大大阿姨的钱。谁知道,第二天一早她就来了,非把钱还给我。为了要当面交给我,还特意赶在我上班以前。

几天后,大大阿姨如约来到家里,先生在花园里修剪枝叶,顺手摘了两朵白兰花给她。大大阿姨很兴奋,没想到先生会给她花。她激动地跑去拿给我母亲看。

这个早晨因为大大阿姨的到来,让我们全家都很兴奋。我拉着大大阿姨来到院子里,和她一起坐在摇椅上。她拿着白兰花告诉我,她这辈子是第二次有白兰花,第一次是在结婚的时候,丈夫给她买了两朵白兰花,可她羞于戴,就挂在新婚的蚊帐上。我看着大大阿姨拿着白兰花陶醉的样子,想象她一定忆起了当年那段幸福而羞涩的时光。过了一会,大大阿姨抬起头来说:"我是不习惯戴它的,我要给我们家月英。"说这话的大大阿姨一脸的满足。

不知道是有意为之,还是巧合,每当过年,母亲都会送大大阿姨一只鸡,开始都是大大阿姨自己来拿,顺便老姐妹聚聚,说说话。近年来,大大阿姨已经不能出门了,只好由她儿媳妇来拿。今年依然是,母亲见到月英,问起大大阿姨,说是已经卧床不起了,内心不免沉重。好在今年家里有了开心果,小葡萄的到来,让家里增添了格外的喜气。

后来的每年,大大阿姨都会在儿子、儿媳妇的陪同下来看母亲,她已经坐上了轮椅,每次来,总是喊着母亲的名字哭,有点生离死别的意思。而母亲,似乎木讷,等我们把两个老人扶在一起坐下来,她们好像又没什么话了,岁月的记忆止于语言的苍白,只是深情地对望。她们两个都耳聋,自己说自己的,也不管对方能不能听见。后来,我母亲从嘴里拔出假牙,大大阿姨就从口袋里摸出假牙,结果那次聚会,两个老太太都拿出自己的假牙比试。

那天,母亲站在窗口看着大大阿姨坐着轮椅离去的背影,轻轻地问我她以后出门怎么办。我赶紧把家里的轮椅推出来给她看,她

四 寸草春晖

才放心地坐下。

2017年春节刚过，大大阿姨的儿子来微信问我："你妈妈怎么样？"我告知老太太现在吃什么吐什么？他说："好生照顾着吧，我妈妈现在天天喊你妈妈的名字。"有大大阿姨的呼唤，得了食道癌的母亲应该不会很快离开的，可惜，我这个想法太天真了。

母亲没有挺过那关，她的精力都被癌症消耗殆尽，像蜡烛一样地灭了。为了不让大大阿姨伤心，我们隐瞒了这个消息。然而，半个多月后，我接到大大阿姨的儿子的微信，才知大大阿姨过世了。两姐妹相差10多天离开的，我闻之一时无语。我想，她们俩一定是这一世的姐妹还没有做够，才会在去西天的路上接踵而至。写到这里，我在电脑前忍不住流泪。是什么样的友谊，会让两个老太太这样的生死相依？

这一生，我们欠了多少情又得到了多少关爱？亲人的、朋友的，甚至萍水相逢的路人。如母亲、阿姆、大大阿姨，她们的友情，经历了半个多世纪，沉淀到彼此白发苍苍的今天，就只剩下一个念想了。正应了那句话："人老多忘事，唯不忘相思。"她们的内心，只要想起对方，总有一个柔软的角落，让人忘忧。我们平常喜欢说，人到了七老八十，灵魂已经渐渐走远了，可是，拥有母亲这样念想的人，常怀感恩，灵魂是多么富裕，甚至不会随着肉体的消失而离去，这是何等的幸福！

我曾经看过一本书，里面引用了一段哲人的语录："友谊是神圣的名词，是一种神圣的感情。只有正派的人才能建立友谊，也只有在互相尊重的基础上友谊才会发展。它不是靠恩惠，而是通过正直的生活才能维持下去"。

而此刻的我，心里只想着家有葡萄，想着她从蹒跚学步到幼儿园，如今已经上小学一年了。记得她幼儿园大班毕业的那套，学校搞了一个浪漫的毕业典礼。统一的服饰，不仅有专业摄影师拍摄的毕业照，更有个人的毕业照。告别演出的氛围被渲染得难舍难分，很多同学哭得稀里哗啦。葡萄内敛，但我知道她的内心感受，她的隐忍和淡定不代表她对相聚和别离无动于衷，毕竟，世间情感她都不能免俗。她会拥有什么样的情意我且不得而知，唯有默默祝福，祝福她此生懂得感恩，知道付出而不是回报。只有这样的品行，才能在当下这个社会洗尽铅华，返璞归真成为一个心智健康成熟的人。

我更期望她像大大阿姨们那样真诚地生活，事事淡淡、你来我往，纯粹地拥有爱和被爱的能力，用那样的简单和平凡去经营友谊和爱。

因为莫道人间多寡情，人间有味是平凡。

四 寸草春晖

舅舅的个性没有遗传好

昨天，在长兴乡下的舅舅郑重其事地给我打电话，告知舅妈要带着她孙女过来买电脑，让我多多关照。

舅舅跟我们家没有任何血缘关系。确切地讲，他是我们家父辈患难之交的好朋友，小时候对我们多有照顾，即便是在最困难的三年自然灾害期间，舅舅家依然是我们家的避风港。由此，我们建立了比血缘更亲密的关系。什么话都不用说，只看舅妈进门便叫我妈妈那声"姐姐"的亲热劲，就没有人能怀疑这种关系的亲密程度了。

说起来，舅舅是个有文化又有个性的人。他打小就在老革命的舅爷的教导下茁壮成长。良好的教育和乡村众星捧月般的生活环境，养成了他说一不二的行事风范。我向来知道他轻易不打扰别人，既然已经发话了，我自当认真对待。

一早，我刚想出门上班，一脚才要跨出家门，正好迎来了舅妈。在我的惊呼中，舅妈的身后又闪现出两个精灵般的小姑娘。

"真漂亮！"我心里说。其中一个不用问就知道是表弟的女儿，像极了表弟年轻的时候：皮肤白嫩，鼻梁高耸，眼睛又大又亮，面部凹凸有致，像墨西哥女人却又比她们白。而另一个则小鼻子小脸，脸型精细得像雕塑，是另一种美。

在舅妈的介绍下，我才知道她们是表弟的两个女儿。相差两岁，一个正在读大二，一个今年刚参加完高考，马上就要读大学了，这次来城里给她们买电脑。

看着两个如花似玉的女孩子，我想到的是她们的父亲，也就是我的表弟。他曾经是一个不爱说话，只会抿着嘴嗤嗤笑的小男孩。

一晃都30多年了，我能想起的一个惊险情节是那年他带我去摘栗子，不想一个板栗从树上掉下来，砸到他脚背上，那么多硬刺生生扎进了他的脚背里。我吸着冷气帮他一根根地挑出来，心里害怕得要命，不知道把他视如珍宝的舅妈知道了会有什么样的结果。只记得他依然是那样淡淡地皱眉，轻轻地吸气。

我每每想起，脚背就情不自禁地发出丝丝针扎般的麻刺感，无法想象当年舅舅、舅妈知道了这件事是什么样的心情。毕竟，表弟是他们家最疼爱的孩子。这种疼爱，我想可能缘于表弟的过敏体质。当年，他吃了一粒蚕豆就差一点送命。他的基因里，有对于蚕豆的天然过敏，而且来势汹汹。

或许正是大人的溺爱，表弟长大后成了一个老实胆小、循规蹈

四 寸草春晖

矩、不敢越雷池半步的人。他从不大声说话,也从不发表反对意见,高兴到极处,也只是抿着嘴笑,却从不发出半点声响。这使我非常疑惑他对于快乐的耐受力,有时候我故意虚张声势地制造很大的动静,希望逗他哈哈大笑,可他还是那样害羞,实在忍不住了干脆转过身去,独自闷笑。

某年我去表妹家玩,碰到表弟,30多年不见,除了表情依旧,人真的苍老了很多,和舅舅却越来越像,简直是一个模子刻出来的。

然而,父子俩的个性却迥异。

舅舅是那种一条胡同走到底的人。当年,为了医药费,舅舅跟医院打官司,会跑到省里查资料找证据,非跟医院争出个输赢不可。当年,我在电视台当记者,要不是因为他是我舅舅,怕别人说我向着家里人,我还真会跟踪拍摄这个好题材,而且题目都想好了,就叫《彭老汉打官司》,一定能博眼球。当时的情况明摆着,医生利用了他的"你们放心治疗,别担心钱"这句话,天天给他用进口抗生素,到后来结账时才发现,舅舅一个小小的静脉曲张手术,医生每天给他用的消炎药就要1000多元。甚至一块手术后贴的纱布,都要收240元。很显然,医院把他当大款了。

这件事情让我很为难。为了避嫌,我主动把自己当成第三者,当然也就无法为他力争了。

再说了,医院里的理由也理直气壮:是你自己说别担心钱的,现在给你用了好药又嫌贵。

我能说什么呢？尽管舅舅的回答更在理："一个小小的静脉曲张手术，至于用这么贵的进口药吗？泱泱中国，难道连最简单的消炎药都没有吗？"

为这事，舅舅和医院僵持住了，谁也不让谁，谁说谁有理。争来争去的结果，进口药已经用了，肯定是不能退的。唯有一块纱布要240元，医院无法自圆其说。

尽管医院院长的回答也很在理："纱布里是有科学含量的。"但仔细想想，毕竟心虚。那块手术后贴在刀疤上的纱布，怎么说也要不了240元，好在舅舅很老练地一直留着那块术后贴在刀疤上的纱布，才留下有用的物证。

后来，医院院长总算承认纱布钱收多了，于是关照退还舅舅纱布钱200元。我打电话让舅舅来拿钱，他很坚决地说："我不会拿这莫名其妙的200元钱，真正该退的，绝不是这区区200元。"其态度之坚决、神态之理直气壮，让我打心底佩服他的个性。

很遗憾，舅舅的这种个性没遗传给他最宠爱的儿子，却让几个女儿继承和发扬光大了，个个都混得光鲜亮丽的。

尤其是大表姐，当年在她丈夫患病去世，拉下一屁股债的情况下，卖了家乡的房子，单枪匹马地租用了几条船，给上海机场运石

四 寸草春晖

子。如今，她不仅把两个女儿分别培养成了大学毕业生和研究生，还在上海买了房子，全家人都移居上海定居了。

如今，当年那么瘦弱的表弟，已经人到中年，有了这两个可爱的女儿，也是上天对他的厚爱吧？

而舅舅，依然默默地居住在乡下的房子里。我能想象舅舅每餐必喝一点小酒，然后会坐在亮堂的走廊上，对着外面过往的车辆若有所思。

我无法探究舅舅会想些什么，只是猜测那一刻的舅舅一定是开心的，这个毋庸置疑！

我在江南惹了你

Wozai Jiangnan Reliaoni

你是用颜料做的吧

有人说，一首歌代表了一个时代。就比如我们唱起《红星闪闪》，就会想起潘冬子，想起高中年代，进而想起亲爱的班主任俞一卿老师。可惜，她远在美国，88岁的年纪，已经不适合远途跋涉。

还记得2002年母校百年校庆，同学们在传阅俞老师的照片。

照片拍摄于冬天。即便是江南，放眼望去的景色，仍然充满了凝重，只有俞老师身上的运动衫，在同学的眼中，色彩浓烈，如同燃烧般地欢快而跳跃，一如老师以往给我们的感觉。我们很难将照片上这位魅力四射的女士和70岁的老人联系起来。可这是事实，照片上的俞老师依然年轻，笑得像个少女。

俞一卿老师无疑是我学生生涯中最富有魅力的老师。这不仅因为以她当年40多岁的年纪，还风韵犹存、魅力四射，而是她作为教师，所展示给我们的独特气质，如彩虹般灿烂。她的微笑，她讲课的声音，乃至她上课时的举手投足，都会让我们这批当年的少男少女留下深刻的印象。多年后，我们班同学相聚在一起，大家所开

的玩笑，依然和俞老师有关。他们笑称："俞老师的一个新发型，就有某某同学的一次模仿。"当然，这是后话。

俞一卿老师是我们的班主任，她同时还兼着教我们英语。记忆中，在我短短的高中时代，班主任一般都由语文老师担任，所以，当我踏进校门，看到班主任竟然是个英语老师时，还真有点不习惯。但俞老师没过多久就让我们喜欢上了她。她用了什么方法呢？其实很简单：唱歌。

1973年，我们作为当时唯一经过考试而进入高中的学生，是颇为自豪的。毕竟，当年我们那一届的录取率极低，难度堪比如今的考一本。但是，好景不长，才过一个学年，1975年11月，学校就放松了文化课的学习，学习氛围马上变了，除了课堂上所学的课程，学校留给我们的作业，和现在的学生相比，几乎可以忽略不计。所以，学校每天下午安排的课前阅读，变成了同学们的无所事事。开始，我们还学一些指定的内容，但那种漫不经心的学习，留在我记忆中的如同一团模糊的影子，现在想要回忆起来，几乎是一张白纸，只记得俞老师是拿这一段时间让我们唱歌了。

每每课前阅读时间，俞老师总让我起头，带领全班同学唱歌。那些年，我们把所能想到的且能唱的歌都唱了个遍。那情那景深深地留在记忆中，经岁月的沉淀越发鲜明。

当然也学新歌，俞老师让我们一口气学了很多歌曲，如《闪闪

四 寸草春晖

的红星》《映山红》《红星照我去战斗》等。说很多,其实也是相对的,因为那时候新歌很有限。最火的歌当数电影插曲,而电影《闪闪的红星》则是电影中的精品。

开始都是俞老师教我们唱,后来有一天,俞老师拿来一张歌谱,让我回家去学,第二天再到班上教同学们。这对我可是"大姑娘上轿头一回",确实有点勉为其难。幸亏我在初中时学了一点点乐理知识,回家后硬着头皮学了,第二天就到学校"现买现卖"。我记得,那首歌中有几个小节是"切分音符",理论上我懂,唱起来却把握不好节奏,所以在教唱的时候没唱准,俞老师不露声色地和着大家的歌声把那个"切分音符"的小节纠正了。她那么细心地纠正了我的错误,照顾了我的面子,至今想来,让我既惭愧又感激。从那以后,我就暗暗下决心,学东西一定要认真扎实,绝不做半桶水。之后,我不仅找来简谱书学习,还去图书馆借了五线谱的书自学。我想,我对乐理知识的兴趣就是那时候建立起来的,同时还在我心中种下了喜欢音乐的种子,并为我日后学习小提琴打下了良好的基础。

当然,那时候的新歌太少,总不能老是唱这些歌呀。俞老师有办法,她把那些歌都翻译成英文歌曲,然后再教给我们,让我们既学了英语,又娱乐了生活。印象中比较难唱的是《国际歌》《海内存知己,天涯若比邻》等,而比较容易记住的是《红星照我去战斗》《闪闪的红星》等。当然,还有其他英文歌曲,随着岁月的流逝,我已经淡忘了。只有我们学歌时的场景,萦绕于脑海,成为美好的记忆。那时，我们每天就这么开心地唱着，似乎这是我们四班的专利。

一别40年，很多同学戏称，我们把老师教的东西都还给老师了。即便俞老师教给我们的英语歌，也只能哼个大半。唯有一事例外。至今，我还能用英文背出雷锋的一段日记："青春啊青春，永远是美丽的，可是真正的青春，只属于那些永远力争上游的人们，属于劳动的人，永远谦虚的人。"某年，我随团市委学少部去夏令营，其间，居然在孩子们面前，用英语背诵了这段日记并获得了热烈的掌声。如果我因此而有些骄傲，那全是俞老师的功劳。

现在看来，俞老师是利用寓教于乐的形式，让我们学到了许多额外的知识。在那个特殊的成长时期，学生不能好好学习、老师无法好好上课的年代里，俞老师以她的方式，让我们贫乏的学习生活充满了色彩和情趣。

俞老师，您一定是用颜料做的吧？才会让我们在40年后的今天想到您时，心中依然充满绚烂的色彩！

四 寸草春晖

如果爱你们不是矫情就好了

美美养的第一条狗是说不上品种的草狗。这和她的品味截然不同。她是个讲究名牌的主儿,为什么会喜欢上那样一条来路不明的狗?大家都不得其解。

开始那条狗是养在单位的办公室里的,很有些集千万宠爱于一身的样子。后来的某一天,单位的领导看到了,便发话:"这又不是养狗场,弄得办公室狗气熏天的。"不得已,美美把狗带回了家。

狗到了美美身边,性格变得格外温顺,完全不像美美干练、泼辣的做派。有一天,美美带了狗到小区遛弯,在楼下碰到另一条狗,被对方"汪汪"一叫,美美的狗便吓得瑟瑟发抖,趴在地上,像一摊烂泥一样吸附在地面,怎么提也提不起来,搞得很要面子的美美感觉颜面尽失,只有拼命摇头的份儿。然而,这条提不起来的狗,在家里脾气可大了,有一次把它关在房间里,它感觉被冷落了,一生气便把窗帘全撕烂了。

还有更甚的。

某次，美美带着狗去安吉做客，亲戚家有一只漂亮的狗，美美的狗一去便后来者居上，成了大王，处处要争先，很有些城里人到了乡下的自负。美美想到这狗在家里，既没有人陪它也没有它的同类，怕它孤单，就把它留亲戚家了。谁知美美一走，那狗立马开窍，知道没有了靠山一切都得靠自己了，便格外的凶狠和强悍。一般主人给的食物，它都一律霸占，非等自己吃饱了才肯离开。有一次亲戚家的狗好不容易抢到一块肉，它硬是用爪子压着那条狗的喉咙，非让它把肉吐出来。结果可想而知，那条狗喉咙里吐出来的肉，硬生生地让美美的狗吃了。亲戚家看这样下去，自家的狗也不保了，就把它送给了邻居。据知，邻居家原本就有了3条狗，美美的狗到了邻居家得了玩伴，如鱼得水，和狗们相处甚欢，倒也解决了美美的一块心病。

由这条狗可知狗性一二，那便是狗也是有性格的，既有忠诚又有狗仗人势，也有狗不嫌家贫，忠心起来，也是会把人感动到半死半活的。比如，忠犬八公；比如，在草原上奔跑的藏獒。

后来，美美老是谈她的狗，谈着谈着，她又给自己找了一条狗。

那条狗出身名门，品种为惠比特，听起来就很理直气壮。那条狗最明显的特征是有4条修长的腿，据说跑起来飞快。我感觉那狗前世或许就是个做"模特"的，一定是偷了什么不该偷的东西，被罚到人类生活，便有了这4条健步如飞的腿。

四 寸草春晖

一次郊游,美美带了她那条叫"马甲"的惠比特狗。有没有显摆一下的意思我不得而知。"马甲"温顺到默不作声。后来了解,惠比特就是不爱叫的狗。"马甲"的脖子长得像长颈鹿,头尖尖的,但眼睛特别有神,它看你的眼神高深莫测,表情却是淡淡的。据了解,这样的狗主要靠奔跑。无论谁抱"马甲",它都一律做乖乖女状。即便它和你认生,不想待在你的怀里,也是默默地挣扎着离开你的怀抱,绝不吱声。当真是哑巴吃黄连,有苦不说的主儿。这样一条狗在我们身边,我们亲近它或漠视它,它都不会在意。它不讨人厌,也不向你献殷勤。你对它好些,它便对你多一倍的好。你凶它,它便离你远远的。这样的品性为它赢得了好名声,特别招人喜爱。

那天的郊游我们见识了"马甲"的奔跑,确实非常棒。唯一的遗憾是,我没有看到"马甲"身上该有的狗性。

后来听说,"马甲"在一次遛弯的过程中,被汽车撞死了。美美目睹了那场悲剧。她沉浸在悲伤中很长时间走不出来。有一晚大家为她庆生,她想起"马甲",放声大哭,朋友们闻之不免黯然神伤。我之前一直劝她不要养狗,原因是她受不了离别时的悲伤,果然被我说中。

大概上个月,美美说要去机场接人,后来才知道所谓的机场接人,就是接另一条黑色的惠比特狗。这条狗是从北京运来的,光运费就500元。那条狗在到来以后就被命名为"黑牡丹",小名"丹丹",依然是那样一副温顺状。

春日，美美同一帮养狗的朋友相约去郊县遛狗，我们这些闲人便也跟着去踏青，再次见识了美美的惠比特狗"丹丹"，它毛色黑亮，下巴上还有一点点的白，更绝的是，鼻梁顶正中有一小撮黑亮的倒毛，据说是头上毛发的漩涡，三角形的，很不一般，漂亮是毋庸置疑的。其品性几乎和之前的"马甲"一样，甚至还要胆小，稍一幅度大的动作，对"丹丹"来说都如雷贯耳，甚至开始颤抖。我惊讶于"丹丹"的胆小，美美的"狗"友们却说，那不是胆小，是惠比特狗的天性，它天生就颤抖的。我暗自好笑，以美美这样的急性子，对"丹丹"如婴儿般的细致和周到，也真难为她了。那天的场面很热闹，一溜的4条惠比特狗。那3条据说是一母所生的狗兄妹，老大名"斑崽"，是雄性狗，是主人家女儿取的名。我问小女孩为什么叫它"斑崽"，她说是取自《狮子王》里一条狗的名字。还顺便白了我一眼："连这个都不懂。"我也觉得自己挺孤陋寡闻的。老二和老三分别叫名"妞妞""花花"。虽然这几条狗来自不同的人家，但它们到了一起，就亲热异常，像麻花一样扭在一起。最小的"花花"最厉害，什么都要争先，只有胆小的"丹丹"，躲在美美的身边。就是把它放在那3条狗的旁边，它也不敢亲近。

我渐渐地喜欢起这些长着模特腿的狗。只是好奇这些狗的"狗性"在哪里。女主人告诉我，在奔跑里啊！你看它们奔跑的时候，就知道什么是"狗性"了。它们在乡下，就是被用来追逐兔子的。听到这些的我，还是有些迷惑，因为我认识到的狗性不应该是这样的。奔跑只是狗最基本的技能。

四 寸草春晖

曾在一本《藏獒3》的书里看到这样一段描述:"大水朝着两侧漫溢而去,淹没了草原和牛羊、帐房和牧民……牧民们只能依靠藏獒自救……只知道很多藏獒累死了,累死在把主人拖向岸上的那一刻。"这是我了解的狗性。虽然藏獒和一般的宠物狗不能相提并论,但毕竟狗的这种忠诚让人类惊心动魄。

还有很多关于狗的忠诚的故事。可是,显然和惠比特这样的宠物狗无关。我想想自己也可笑,简简单单地养一条狗,图点轻松和快乐难道不好吗? 偏要和什么"狗性"联系起来,不是没事找事吗? 再说了,狗的忠诚,也不是遛遛就能看出来的。更多时候,要依赖天时、地利还有人和。

但是,狗的聪明和灵性,是谁都无法否认的。

那天回来的时候,门口有一条狗看到这几个奇怪的同类,就拼命地叫了起来,哪知这里的惠比特三兄妹一起冲上去汪汪地大叫,把那条狗吓得躲得远远的,要不是主人牵着,早冲上去厮杀了。我奇怪这些狗叫起来居然那么凶悍? 不是说这些狗是不叫的吗? 就在吃饭的时候,我还笑他们几个养狗的,这些狗长时间不叫,会不会失声呢! 想不到已经入乡随俗地学会了吼叫,还那么响亮。这时候,我突然看见"唰"的一道黑线,"丹丹"冷不防地冲了上去,和它的兄弟姐妹一起冲锋。这让我对"丹丹"刮目相看,可见它的温顺是因人而异的,而聪明却可见一斑。

什么是狗性？面对这个长久的疑惑，我似乎知道点了。

那一天，也是美美自买了"丹丹"以后第一次发现它有那么勇敢，至少她可以扬眉吐气地面对我的讥讽了。

而我则高兴地看到美美终于从失去"马甲"的悲痛中走出来。一般来说，惠比特狗的寿命是 10 年。未来的 9 年多时间，但愿美美看好了她的"丹丹"。我在这里只有祝福！

结束本篇的时候，我想到了北欧的狗们，它们似乎更幸运些，因为它们有《动物保护法》的保护。一旦被领养，主人就要去相关部门登记注册，并负责它的免疫和生命安全；一旦被领养，便成为你的家人，不能轻易抛弃，否则相关法律部门会找上门来，让你吃不了兜着走。这种对生命的尊重让我肃然起敬。我无意责备中国人养狗，但至少让我感到"无法承受它的离去，就不要轻易得到它"是对的。我国目前有《实验动物保护法》，相信不久的将来，《动物保护法》也会出台的。那时候，我就能说爱你们就像爱自己，这不是矫情，而是社会的进步。

四 寸草春晖

马背上的女人

9月11日上午九时许,天气大好,蓝天白云,度假村的女主人带着我们向远处的马群走去。

那群马有二十来匹,一些已经被早到的游客骑走了,剩下的有十来匹。女主人牵过一匹马让我骑。她说:"这是最老实的一匹马。"我一眼看出,马年纪大了,一副老态,心中已是不忍,当然也不喜欢,于是,顺手指着旁边的一匹马说:"我要骑这匹。"这是一匹漂亮的大青马,健壮有力,肌肉结实,毛色发亮,瞬间让我想到了有一年在北京看赛马。那些骐骥几乎都是这样高大帅气。我在女主人的帮助下骑上了马背。然后,老马和芳也骑上了各自的马。两位一同旅游的先生不知道为什么,突然改变主意不骑了,只好由骑师带着我们向草原深处走去。刚开始,骑师教我们骑马的要领:缰绳向左右牵引,分别往左右方向转,想前行就夹紧双腿;想让马刹车,就牵着缰绳往后拉。我试着往前走了几步,有点战战兢兢。

老马第一次骑马,很紧张,不断地说要停下。我虽然有过骑马的经历，但经验也是明显不足，所以全部精力都在马上，连电话都不敢接。3人中只有芳最悠然自得，她骑了那马，弓着腰一副要飞奔的样子，怎奈她的马不争气，怎么也跑不快。加之她骑马时屁股坐得比较靠后，怎么看都像是骑驴，看着她那样子，我想到了"骑驴看唱本"，忍不住哈哈大笑。她被我笑得伤了自尊，后来坚决要求和骑师换马。那边老马已经紧张得不行，坚决要求回去，骑师告诉她，要回去的话，就大家一起回去。为了不扫我们的兴致，老马只有勉为其难地坚持，硬着头皮上，她一路上都在大呼小叫，我不断地吓她，让她别叫，再喊叫的话，马会被她惊到的，她才有所忍耐，可是不一会，她就让马颠得要如厕了。而这边，芳又让骑师给换马。这可怎么好？骑师有办法，让我们骑上山冈，在那里可以解决这些问题。

我的大青马有脾气，老不肯听我的话，让它往左，它偏不听，还低下头去吃草。我心里慌兮兮地只得由着它吃。骑师不同意了，他说："马是要你训练的。只有让它听从你，你才有可能指挥它。你听从它了以后，就再难驯服它了。"我想想生活中的道理也一样，主动权在你手上，你就主动，否则就只能跟着别人瞎起哄。想到这些，我顿时有些冲动，急切地想驯服这匹马，却不知道怎么办。想要让马奔起来，又怕它脾气上来双腿一跳把我掀翻。我集中所有想象，脑子里闪现的，却是学生时代排练舞蹈《草原女民兵》的几个动作，那些花拳绣腿，在大青马面前，只能算是个摆设，我想纵马飞奔的愿望也只能靠想想过瘾了。

四 寸草春晖

再往前行,是一汪浅水和洼地。我们想调转马头另辟道路,骑师却让我们继续前行。马匹涉水通过洼地,翻过小丘直奔对面的山冈。终于,生平第一次,我们在飞溅的水珠中策马飞奔,很有些英雄气概,不一会儿,就到了远处的山冈。

多么辽阔的大草原啊,天和地是相连的,蓝天下黄绿的草原上,点缀着小片的羊群,心瞬间被暖到了。金色的阳光下,我们的目光一直落得很远,远处的闪电湖泛着金光。"我愿与你策马同行,奔驰在草原的深处……"我的耳边响起了布伦巴雅儿的歌声。草原上很多美丽的传说,随着歌声飘荡,人便醉了。

回来的时候,我主动让出了我的大青马。换上了骑师的马,而芳的马老实,准备让老马骑,可是老马一骑上去,骑师发现有些异样,便问她有多重。老马夸张地说自己有160斤,把骑师吓到了,他舍不得那匹马,便让老马下来,重新让她骑上原来的马,更不知道为什么,骑师没有让芳骑那匹大青马。芳有些不乐意了,坚持对骑师说,你明明说到了山冈上换马的,不能食言。骑师又说到山下换,可是到了山下,骑师自己忙着发信息,也不跟芳换马。芳这时候真生气了,她说:"你再不跟我换马,我就不骑了。我下来了啊!"当真,芳下了马,并任马随意走去。骑师这才着急,连说:"不能放了缰绳,否则马就跑了。"芳不理他的茬,自顾走去,骑师赶紧过去牵了马。我看出骑师不太愿意骑那老马,主动说:"还是让我骑那匹可怜的老马吧!"于是,芳骑上了大青马,终于高兴起来。

四 寸草春晖

我第一次发现,女人不需要高声或者歇斯底里,也可以达到自己的目的。我佩服芳,她轻轻几句话和坚决的动作,就是最好的武器。柔软如芳,坚强如芳啊!

那老马到底老实,我骑在上面根本就不用费心。于是,就想到用手机拍摄我们骑马的情景。我大着胆子掏出了手机开始摄像(毕竟是在马背上)。我拍了前面的老马和骑师,又转过来拍了自己——那个用花布把自己包得严实的女侠客。但是,当马奔跑起来,颠得厉害时,我的拍摄就大受影响,只好收起手机。一边骑马,一边拍摄到底。

那边,看得出骑师和老马已经聊得很投机了。骑师一开心,就给我们表演在马上的惊险动作。后来才知道,骑师其实就是度假村的老板,他同时还是扎拉营的村主任,是当地很了得的人物。这是我们从他不断地接听电话和打电话中发现的。

我和芳的马走在一起,我随口喊出了"驾,驾……"前面那大青马似乎听懂了,突然飞奔起来,我的马紧随其后。那马竟然听懂了我的口令,让芳觉得很可笑,她在前面笑得打嗝,气都喘不过来,我笑她开始生蛋了。的确,乐极而至的时候,她大笑的声音很像母鸡下蛋后"咯咯哒"的叫声。芳的大青马在前面,我骑着"老马"在后面喊着口令,一路飞奔而去,留下一串笑声。把老马和骑师远远地抛在了后面。

终于,马停下来了,显然它们累了。不管我们如何地夹它们的屁股还是喊口令,马还是对我们不理不睬。后来听说,马在奔跑了以后,是需要一段距离遛着走的,即所谓"遛马"。它们那么坚决地停下来遛走,是因为目的地到了,名不虚传的老马识途!

这是一次真正意义的骑马,整整两个多小时我们都是在马背上度过的。

当我们跨下马的时候,都不同程度地有些拐脚。尤其是老马,走路一拐一拐的,很滑稽,我们又哈哈大笑起来……

2007年9月11日,草原英雄老姐妹,骑马2小时,耗资240元。是为那天的记忆。

四 寸草春晖

遇见南半球的你

在澳洲的黄金海岸,来接我们的导游是个广东人,30多岁,人瘦瘦的,很精干。后来熟悉了,知道他是个虔诚的佛教徒,常年吃素,已经几十年了。因为我也有很要好的学佛的朋友,看到这个导游,便觉得很亲切。我知道,在黄金海岸,我们不必担心这个导游给我们下套。我私下里还告诉一起的游伴,说:"可以相信这个导游。"她们问,为什么可以相信?我告诉她们:"一个有信仰的人是值得尊重的。首先学佛的人有戒律,用佛教的语言说'不打诳语',一个不说谎的人,我们不相信,还能相信谁?"大家一听认为有理,也就对这个导游很放心了。这样的信任有孩子般的幼稚和任性,后来的事实证明,我说的没错。

这个导游对我们一直很真诚。他在带我们游景点的时候,总是尽可能让我多了解一些。我们有什么要求,他基本有求必应。即便在带我们去购物的时候,也从不动员我们去消费。

在游览梦幻世界的时候,我乘隙问他,为什么吃素?他说:"如果你想听,我就告诉你!"我肯定地回答:"要听。"

他的这种态度让我非常受用,因为在澳洲的一些景点,不断碰到一些非正信信仰的痴迷者,他们总是不厌其烦地对我们说自己的非正信的认知有多好,弄得我们都很厌烦,觉得一个中国人,在国外这样羞辱自己的祖国,太可耻了。导游提醒我们:"不要搭腔,否则他们会跟你们没完没了。"所以,在那样的场合,我们都选择回避。我们也看到有国内的游客生气之下,问他们:"你们还是不是中国人?"游客没有时间去跟他们纠缠,都匆匆离开了。

或许导游是接受了这些人的多次教训,所以才会用这样的口吻回答我关于吃素的问话。他说:"第一,食肉动物的牙齿是尖的,吃草动物的牙齿是平的,人的牙齿也是平的,不是尖的,可见也是应该吃素的。第二,我们在开车的时候,会很注意地避开动物,生怕轧着它们,因为我们知道那是生命,是不能随便伤害的。可是,为什么我们为了满足自己的口福,竟然不顾及那也是生命?为什么我们能珍惜车轮下的动物生命而不能珍惜餐桌上的动物生命?如果我们也对动物存有一分对于生命的爱护,我们就会很自然地排斥去吃它们了。第三,动物其实也是有感情的,在被宰杀的时候,动物会产生极度的恐惧,这种由恐惧而产生的肾上腺激素会分泌很多毒素,中国人又特别讲究要吃新鲜的,所以这些毒素因为没有来得及释放就让我们煮了或烧来吃了,人不知不觉就会中毒,而且这种中毒是一个渐进的过程,是不易被发现的。再则,人的能量是有限的,

消化素食所消耗的能量远比消化肉食所要消耗的能量少，有些人认为吃肉比吃素有营养，其实是个误解。"

这让我想到曾经在微信朋友圈看到的一个故事：一群工人牵着一头水牛走进了屠宰场，准备将它宰杀做成牛排和炖牛肉。当他们接近屠宰房门口时，那头悲伤的水牛突然停步不前，两只前脚往前跪下，眼泪也跟着扑簌簌地流了下来。看到这种被人们认为是愚笨的动物竟然在哭泣，以及看到它那充满恐惧和悲伤的双眼时，在场的工人都忍不住流泪、颤抖。结果大家凑钱买了这头牛，把它送进了寺院，让它在那里终老。

我又想起曾经在电视里看过的一个专题片，讲述的是一个德国的产妇，因为天天跟丈夫吵架和生气，让她的肾上腺素分泌出很多毒素，这些毒素充盈着她的乳汁，孩子喝了后慢慢中毒。半年之后，孩子中毒而死。这是一个真实的故事。生气和恐惧会使肾上腺产生毒素，是科学早就解释和证实过的。

导游说的那些，我以前都听朋友说过，那天不过是再一次得到证实。我和导游谈得很投机，我们还跟他开玩笑说："您吃素食的时候，能不能分我们一些。"他同意了。有一天，吃饭的时候，他就很认真地过来，把他那唯一的一盘素菜端过来和我们分享。其他几个人没忍心吃，但我却要了一些，是因为欣赏他对生命的热爱和尊重。

四 寸草春晖

但有一次,他却让我难堪了,那是在我们吃午饭的时候。团队里有位跟我同房间的阿姨,大家很熟悉,在一起也没有什么忌讳。那天盛饭的桶正好在阿姨的身边,我随口说:"阿姨,给我盛碗饭。"我的碗还没递到阿姨手中,导游就抢过了我的碗,说:"我给你打吧!叫老人打饭,多不好意思。"顿时让我闹了个大脸红。突然发现,原以为自己很有礼貌,现实中却是个很不懂得尊老爱幼的人,故此惭愧至极。但我内心很感激导游,他让我知道了无论在什么地方,细节之处见情怀的本来面目。这以后,我们大家都很自觉地照顾和尊重阿姨。这件事,让我深切地体会到,平时的说教,再怎么周到,也会有疏忽的时候,唯有榜样的力量是无穷的。

正是因为如此,我对导游更加青睐。后来,我还主动提出要跟他合个影,我告诉他,我要把他的故事告诉给我所有的朋友。

在黄金海岸,我们共住了3天。走的那天,要起大早,宾馆的早餐还没有开始供应,只能给我们配一些早点。我们已经有过一次这样的经历,早点是冰牛奶和一个苹果,并没有主食,吃不饱还闹肚子。在澳洲的冬天里,我们的胃根本无法承受这样冰冷的食物,而澳洲的飞机上又不提供免费食物。我们跟导游商量,能不能让宾馆给我们准备些面包之类的主食。他说尽量办好。

第二天一大早,我们得到的还是和往常一样富有"澳洲特色"的早餐,换句话说,还是没有主食,只有冰冷的饮料和水果。想不到的是,我们到了汽车上,发现导游已经为我们买了很多面包。一

问,才知道是他昨晚自掏腰包帮我们买的。他说:"澳洲这个国家太讲究规矩,宾馆的厨师按规定就只能给我们提供这些食品。所以,他昨天赶在商店关门之前,帮我们把面包买好了。"用他的话说,晚了商店关门便买不到,而早上不到上班时间,更是买不到。一番话,让大家很感动。

我们知道,干导游不容易,几乎没有什么工资,主要靠游客的小费。虽然我们购买东西他们会有回扣,但也不像某些地方那样,回扣给得很高,形成了旅游购物的怪圈,滋长了导游想方设法让游客购物的恶习。

这就是我在澳洲碰到的一个学佛的导游,他让我见识了在家修行的居士那种自觉自律的做人风范。

曾经记得这么一句话:"无论你遇见谁,他都是你生命该出现的人,绝非偶然,他一定会教会你一些什么。"真的,感谢让我遇见你。让我相信无论我走到哪里,那都是我该去的地方,经历一些我该经历的事,遇见我该遇见的人。

四 寸草春晖

还记得你当年的模样

同学 Z 至今还拖着一条长辫子，不同的是，如今这条长辫子被挽了起来，折叠在后脑勺上，上面还用一个漂亮的发夹固定住。她也该有 50 多岁了吧，岁月的风霜毫不留情地写在她的脸上。

她很能笑，微微一笑，就露出几颗镶着金属的牙齿。她说："那一口好牙都已经被蛀掉了，如今满口的牙齿都是假牙。"我很好奇，这个年纪掉牙也太早了些吧？她说都是给糖害的，小时候就喜欢吃糖，逢年过节，家里有了糖果，5 个孩子分了吃，她总是在第一个晚上就把分到的糖吃光了。她说在被窝里吃糖，是那样的津津有味，有时候不知不觉地就睡着了，等早上醒来，那糖还粘在牙床上。这牙，焉能不蛀？说完，她莞尔一笑。

我眼前的 Z，已经没有了当年拖着长辫、婀娜多姿的模样。虽然她的衣着精心讲究，颜色搭配甚至考虑到了发夹的细节，但她的打扮依旧摆脱不了居家女人的气质。同学了那么多年，我搜遍记忆，想要找出她的一些特别之处，可是感觉除了她温和的笑，学习成绩平平，实在没有什么出众的方面。唯一特别的地方，就是那条长辫子了，一直拖到屁股后面，走起路来随着身体摇摆，一扭一扭的，婀娜多姿，煞是好看。用时下的话说，女人得"不要不要"的。

我想起她似乎没有下乡，毕业以后直接进了单位。

1976年，我在乡下插队，她正好在我隔壁的生产队走亲戚。偶尔碰到，我很兴奋，邀她去我插队的生产队玩。后来村里人告诉我，她是逃婚来到乡下的。那个时候，这样的消息传得很快，更何况是一个城里的女孩子爱上了乡下的小伙子。当年她不顾家里反对，逃婚来到男方家。除了家里的父母，整个乡村都已经传遍了。

我佩服她的勇气。

那天，在我插队的小屋里，我做了个凉拌茄子，实在没有别的菜，她却一个劲地说好吃。我想她所谓的好吃，无非就是新鲜。饭后我们就在门前的小河游泳，还遭到村里妇女的责怪。她们认为女人在河里洗澡，这水就不干净了。好在她们也就那么一说，而我们又识趣地游到了后面一个村民不常洗东西的河埠头。

我不记得她后来的婚姻跟这次逃婚有没有关系，也不好意思去问。

之后，我回城里上学、工作、结婚生子，跟她有过几次见面，不过见面的地方有点特殊，从昔年的河头变成了后来的澡堂，那个

四 寸草春晖

时候叫饮服公司。

我记得我是带了儿子去洗澡。因为孩子小,只能由我带着去了女浴室,她那个时候在澡堂上班。那个环境里的她,依然是那么开心。她高声说话,爽朗地笑。

后来,因为住房条件的改善,加上孩子也大了,我也不去澡堂了。想不到那次与她见面后,她的变化那么大,不变的是,那辫子依然在。

那天同学会,她就坐我边上,跟我有一搭没一搭地说话,我才知道,她已经退休了,在家闲暇时,就是搓麻将,晚上偶尔还喝点酒。话还没有说完,男同学就过来敬酒了,只有她欣然应付,和他们喝起来豪情满怀。到后来,男同学只能甘拜下风。再后来,是她追着男同学要喝酒,要烟抽了。谁都能看出是她醉了。醉酒的她,还不忘告诉我,她家其实跟我们家很近,不过100米,却几十年没往来。择日,她要和同学一起来我家玩。

我在想,等她来的时候,一定不忘问她,当年的那场轰轰烈烈的爱情,到如今还有多少痕迹?

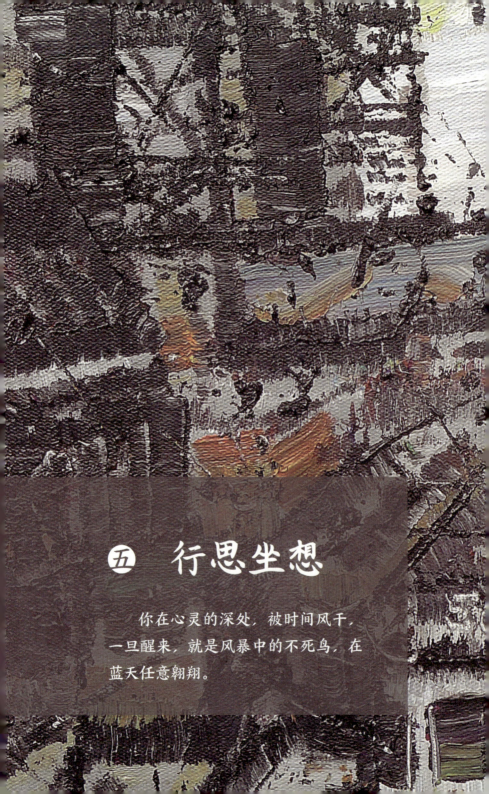

五　行思坐想

你在心灵的深处,被时间风干,一旦醒来,就是风暴中的不死鸟,在蓝天任意翱翔。

永根弟弟

又到了这多雨的季节。

3月,绵绵的雨,湿漉漉的风,夹杂着初春泥土的芬芳,时淡时浓。时断时续的风,映衬着灰蒙蒙的天,在记忆中那条泥泞的乡间小路,缠绵悱恻,揪人心肠。

在这样的雨季里,思念就像湿润的空气,布满了我们周围的空间。而这时候的你呢?永根弟弟,你在哪里?

只有风在轻轻地吹。

1975年10月,我落户在当年的塘南公社东方红大队,而你,永根弟弟,就是在那个时候走进了我的生活。

农忙不期而至,即便是下雨,我们仍然得出工。16岁的永根是个半劳力,只能与妇女同工同酬,挣的工分,竟与我这个女知青一样。

置身于女人中间,听她们肆无忌惮的玩笑,带"颜色"的歇后语,以及女人间家长里短的私房话,常常让我面红耳赤,我羞涩地只能充耳不闻。永根弟弟也一样,仿佛置身度外。

收工了,我筋疲力尽。雨,不停地下着,又细又长的乡间小路被雨水和泥土调和得又黏又稠,怎么走也走不完。下乡不久的我,农村生活经验不足,穿着雨衣,扛着锄头,赤脚走在泥路上,竟是举步维艰。雨,越下越大,雨水顺着雨衣的帽檐流进我的眼里,辣辣地生疼。眼前只见雾蒙蒙的一片。脚下的路,早已分不出高低,辨不出深浅,只要脚一迈,就要摔一跤。一步一跤的我,既恨恼人的雨,又恨无能的脚,到后来,只能拄着锄头站在雨地里哭。收工的人群,看到我的可怜样,禁不住哈哈大笑。

这时候,是你的声音在轻轻给我鼓劲:"脚趾用力,踏下去要稳。"可是我的脚稍一抬起,就情不自禁地打滑,不由自主地摔跤,一副狼狈样。

这时候,矮小壮实的你,抢着走到我前面,斗笠下那双生动的眼睛让我感到了什么是晴空。你说:"别慌,跟着我走!"

你一边用锄头扎着泥泞的小路,一边弓身后退,雨淋湿了你的后背,一道深深的锄痕也沿着小路不断地向前延伸,沿着你为我开辟的小路,我迈开了史无前例的脚步。

雨,仍在淅淅沥沥地下着。点点滴滴的思念,沿着记忆中的泥

五　行思坐想

泞小路，渐渐地展开，慢慢地逼真。小路终有尽头，可小路的前方会有你吗，永根弟弟？

回城以后，我曾回到第二故乡，却一次也没见到你，询问之下，才知道你作为上门女婿给"嫁"出去了。在农村，"嫁"出去的男子再优秀，也比别人多一层心虚，少一些豪气。想来，把聪明灵巧的你"嫁"出去，也是你父母的良苦用心吧！

静静地站在当年的知青屋前，翻阅内心深处的你，仿佛有你淡淡的语气环绕耳边。感受你不显山不露水的关怀，那是一种怎样的温暖。

是啊！生命中有了你独创的那条小路，怎不让人感觉这世界到处都充满了爱。

想到这里，思绪随着眼前所见，又到了多雨的季节！

咀嚼岁月的温情

朋友是个医生,虽然面戴口罩,但是在白大褂下,依然能感受到她的美丽。

某天,我因腰椎间盘突出的毛病,去她就职的医院看病。只见她的诊疗室里人满为患,尽管有实习生当助手,她依然忙不过来。情况实属无奈,只能约她在晚上抽空给我治疗,这样的特殊待遇,全因为我们曾经一起插队,一起跳双人舞。

那时候,我们被从各个生产队抽调出来,集中到公社进行排练,谓之"文训班"。我和她是其中之一,就这样在文训班上认识了。她是一个娇美的女孩子,说话轻声细语,软软的,总让人担心她会像豆腐那样一碰就碎,所以大家对她格外怜惜。

她特别爱干净,空闲的时候,总是在那里洗衣服。于是,懒惰的男知青也有把臭袜子扔给她的,她不但不拒绝,反而认真洗了。这让我看到了她娇气之外的另一面:对人的友善,我想到那个时候的自己,一副没心没肺的样子,衣服不脏到没法看是绝对不洗的,

五　行思坐想

整天疯疯癫癫的也不知做什么。所以，对她的爱干净，我留下了深刻的印象。她应该是那种柔情似水的女子，但在男女之间的交往上，却是一个非常自尊的女孩子。她那么漂亮，晚上排练晚了，有男知青自告奋勇地想护送她回家，她是坚决不让的。她说："一个女孩子，怎可以随便让男人单独接送呢？"所以，即便她多么胆小，也宁愿麻烦她插队时的农村师傅接送。我欣赏她，实在有些平民崇拜公主的味道。

事实上也是，她出生在江南湖州一个美丽的古镇双林，那里钟灵毓秀，名人荟萃。她的爷爷是当地有名的乡绅，她的父亲也是当地著名的牙科医生。因家境好、底子厚，家里有很多祖上留下的房产和古典家具，我只要去她家，必去参观，百看不厌。记忆中她的母亲，一个白白净净的女人，总是不声不响地坐在黄昏的阳光下，安静得像一座优雅的女神雕像。我们每每去她家，看着那些积淀着沉重岁月的家具和她父亲那双深邃的目光，总是不由得战战兢兢，心生敬畏。

我想起她结婚的时候，就那么娇滴滴地趴在她父亲的肩头痛哭，如今，她不仅是当地有名的医生，还要担任当年父亲、母亲的角色，把肩膀留给女儿了。这是多么艰难的一次转身啊！

我佩服她。这些年来那么多的不如意，丈夫的英年早逝，她都挺过来了。她依然像一朵倔强的花，不屈不挠地盛开着。想到她，我就忍不住要问："女人啊女人，你究竟是用什么做的呢？"

我和她曾经一起曼妙在舞台上。这种美丽在一起的经历让我有足够的理由去打扰她、麻烦她。

趴在那张治疗床上,接受她的针灸治疗,真疼啊,我忍不住呻吟。她像哄孩子一样地说:"很疼吧?忍忍,马上好了。"一边说,一边用另一只手辅助按摩,减少我的痛苦。在阔别了30多年后,她依然这样柔情似水,当年的纯真与善良,岁月都不忍改变她的模样,可见,善良的美德无关岁月的变迁,就像有些品行深埋的灵魂,跟岁月无关。

我想起知青聚会,老朋友相见,说的第一句话就是:"能为你做什么呢?是骑三轮帮你搬嫁妆呢?还是帮你装修新房涂油漆?或者帮你用纸板吊屋顶?"这是我们那个年代朋友帮忙要做的事。这样的谈话,隔着30多年的风风雨雨,沧桑已然在快乐里,我们的生活却因为有了这些而倍添色彩。

是的,友谊已经深入骨髓,剩下的只有温情了。

我曾经和她跳的那个双人舞,好像是为纪念周恩来总理而排练的。配乐的开头就是"滔滔黄河水,滚滚长江浪,周总理的爽朗笑声,在江河中回响……"

深情的歌声中,是我和她由两边慢慢移至舞台中央的舞步,恍若隔世。

滔滔黄河水,淘不尽的是岁月悠悠,荡不尽的是红尘滚滚……

五 行思坐想

永远的永金伯

永金伯是我插队的那个大队的队长,现在叫村委会主任。在 40 年前的农村,永金伯是那种为数不多的男子,他不仅人长得精神,一言一行不由你不相信他的强壮和果断。在我们知青的印象里,大队里虽然有书记,感觉却是永金伯说了算。尽管他早年丧妻,尽管他还带着一个和我们一般大的女儿,他的生活比之他的同龄人,却更整洁,也更有条理。似乎妻子对于他而言是件奢侈品,暂时还不需要。

那时我和他的女儿因为年龄相近,很投缘,只要有空闲,总会凑在一起打牌,偶尔还相互约着一起去邻近的大队看电视。

面对我们知青,永金伯向来不太爱搭理,即便是下雨天在他家里打牌,他进进出出,也对我们视而不见。在我看来,那时的永金伯就像一台上紧了发条的机器,总是在不停地旋转而无暇顾及我们。所以一些知青私下里说:"永金伯的自我感觉特别好。"而我不同,初涉人事的我喜欢一厢情愿地去感觉任何一个人,先是喜欢他女儿便连带了他,再看永金伯整天风尘仆仆、不苟言笑的样子,心里自然是敬了他七分,也惧了他七分。

那是1976年,也是我下乡插队的第二年,我因为会跳舞而有幸被公社里分管文艺的领导看中,临时抽调去公社,帮学校排练节目,准备参加区里的演出。

这是一份轻轻松松挣工分、快快乐乐拿补贴的美差,还可以暂时摆脱繁重的体力劳动,何乐而不为?所以,当我接到通知时,心里不知有多高兴。在以后的半个月里,无论排练还是舞蹈创意,我都使出了浑身解数,自然也赢得了老师和学生的好感。排练结束后,我们相约,不日演出场上见。

回来后,我虽然像往常一样地参加地里的劳动,心里却在焦急地盼望那张通知书。因为还不能适应农村繁重的体力劳动,我实在是把去区里演出当成了一个休养生息的机会。所以,当我在几天后接到通知,让我去公社报到时,当真是喜出望外,想也没想,换上干净的衣服,提着箱子便来到大队部,心里还想得美美的,把通知交给了永金伯,就可以直接去公社了。

大队部里只有永金伯和会计两个人,当我提着箱子走进大队部,首先看到的是会计那张意味深长的脸,不好的预感骤然降临。果然,当我把通知交给永金伯时,永金伯却说:"通知先放我这里,等我们研究后再做决定。"当时,我真像被一盆冷水从头浇到脚,我所

五　行思坐想

有的热情在那一刻都降到了冰点。我不知道问题出在哪儿，心中的失望和懊恼无法言说，却又心存一丝侥幸。可是，那张通知书却始终没有来。

有生以来我第一次体验到什么是失望和无奈，我的智商也顷刻降到了零。我没有想过再去找永金伯，更没想过去找我自认为的好朋友——永金伯的女儿。我不懂得如何去实现我的愿望（尽管这个愿望是正当的，是我的权利）。那一刻与村里人称我的"灵活"（我名字的谐音）相隔十万八千里。

如果说在我有限的农村生涯里有什么挫折，那该是最重要的一次了。

1978年我考上了城里的一所技校，从此再没有了永金伯的消息。只是陆陆续续地听说他还是很忙，还是喜欢自己说了算，还是没有成家。没有老婆的日子，永金伯依然过得有滋有味。于是有人私下里说："永金伯的背后必定有一个女人，那女人是谁，等等。"

据说永金伯在他女儿嫁到牛头山做了一名矿工的妻子以后就病倒了，以后就再也没有起来。一个总是上紧了发条的人突然断链，也在情理之中。

以我现在的心智，去遥想当年的情景，发现我的失败是咎由自取。我提着箱子，穿着漂漂亮亮的衣服（只不过是件干净的花衬衫）去送通知，摆出的是一副既成事实的姿态，简直是目无尊长，目无领导。再则，一个干干净净的女孩子与两腿是泥站在田里干农活的农民是个鲜明的对比，这对永金伯而言是个刺激——既然是来接受贫下中农再教育的，就该像个农民的样子。

如果我不是那么幼稚到可怜，如果那个叫周梅森的作家早几年写出那本获全国"五个一"工程奖的小说《中国制造》，我就该知道，永金伯实在是个中国农村基层干部的典型代表。就是他们，让我在成长的过程中，首先懂得讲政治，进而学会世故和圆滑，学会把一个真实的我隐藏在背后，把一个不可知的躯壳展现给别人。其实，今天再让我回忆过去，我会认识到，永金伯也没错，谁让我在大队社员挥汗如雨的时候，无视别人的感受，一心想着要离开这个艰苦的地方。如果我情商过高，就知道应该两脚沾满泥巴，卷起裤腿，谦卑地递上那张通知书，然后说："书记，这是公社的通知，我可以去吗？"结果或许会不同。

成长岁月里的逆境教育，是需要付出代价的。

五 行思坐想

打铁的岁月练就铁打的心

认识谢亮华是在公社文艺培训班上，瘦瘦高高的他。脸色苍白。整个精神面貌是灰灰的，用今天比较时髦的话说：他的脸是灰色的，他的表情是灰色的，连他说出的话都是灰色的。一句话，他是高冷的。说实话，少不更事的我，无法体会他当时由于前途渺茫而产生的黯淡情绪。他脸上的冷漠让我有些发怵，我青春年少的快乐和他经历着的风霜是完全对立的。很明显，我不喜欢他。这种不喜欢，导致了情绪上与他的对立。

文艺培训班集中排练，住的是集体宿舍，上下铺，我住的是下铺。中午休息的时候，培训班的人都在宿舍里三三两两地聊天。很巧，谢亮华就坐在我的床上，我看他坐在我的床上大大咧咧地抽烟聊天，心里特别反感。所以，等他一离开，我马上把被褥搬到了上铺，弄得一旁的知青莫名其妙。这是我初见谢亮华的情景。

后来逐渐熟悉起来，我发现，谢亮华冷漠的外表下，有着奔放的才情。他在文艺培训班里是拉小提琴的。在乡下真正干的却是打铁,而且是当时公社机电站里的著名的铁匠师傅,并且小有名气。

小提琴一直是我很喜欢的乐器,说起来,最初喜欢它是因为拉提琴时漂亮的姿态。当然,我知道自己家里的经济条件不允许,拥有一把小提琴,只能是一个不切实际的梦想。

谢亮华那时候好像除了拉提琴,没别的事,仿佛他的世界里就剩下小提琴了。如今回忆起来,感觉他的手上就只有一把小提琴。

在文艺培训班的日子里,我无时无刻地在他的提琴声中汲取营养。从《梁祝》《新疆之春》《草原上的红卫兵见到了毛主席》《云雀》到贝多芬的《G大调小步舞曲》等,我一次次地熟悉着琴声,直到能够跟着他的旋律哼唱。但我更喜欢听他拉《梁祝》,曲子中无望而凄美的爱情,似乎更迎合谢亮华当时的心境,所以他拉得格外投入,特别是最后那段主旋律的泛音,把他内心的悲凉和浪漫全都表现出来了。有一次,他拉到一首蒙古曲子:"对面山上的姑娘,你为谁放着群羊,泪水湿透了你的衣裳,你为什么这样悲伤?"我们忍不住也跟着唱起来:"山上是这样的荒凉,草儿是这样的枯黄,羊儿再没有了食粮,主人的鞭儿举起抽在我身上。"唱着唱着,我看到了他眼中的泪光。这个时候,他在我心中,不再是个陌生的、让人害怕的琴师,而是一个可以亲近的、让人敬慕的人。

或许是我听琴时的专注打动了他,或许是我眼睛里无法掩饰的羡慕让他心生怜悯,有一天他突然对我说:"只要你有小提琴,我

就教你!"这对于疯狂地喜欢着小提琴却穷得叮当响的我来说,是一句多么具有诱惑力的话啊!

就是他的这句话,让我有勇气回去对父母开口:"我想买一把小提琴。"

我想那个时候必定是找了很多理由说服父母,最终,他们答应给我买一把小提琴。那是20世纪70年代,当时一把小提琴的价格少说也要30多元,是我妈妈一个月的工资。在那么困难的情况下,父母亲下决心给我买这把小提琴,完全是因为他们认为我有了这把小提琴,就可以摆脱繁重的体力劳动挣工分。在父母亲的眼里,小提琴是挣工分的工具。

买小提琴的过程一波三折,其间也不乏痛苦流泪,但是,我终于拥有了一把小提琴。

这以后,谢亮华就成了我的小提琴老师。通常是我去他的知青屋,他会给我一首练习曲,给我示范一遍,然后让我回去练习,隔十天半个月,我再去他那里拉给他听,他认为差不多了,就会给我一首新的曲子。当他什么话也不说,也不给我曲子时,我就知道,我还得回去继续练。

记得那年的"双抢"(夏收夏种)大忙季节,我们生产队的铁耙坏了,要去公社农机站修理。大忙季节,修理农具是要排队的,我们队长知道公社里著名的铁匠是我的小提琴老师,就把这个任务

五 行思坐想

交给我。对我来讲，这是个美差，不仅能挣工分，还有两毛钱的出差补贴。

那是我第一次，也是唯一的一次看我的老师打铁。通红的炉子，打铁台前，火花飞溅中，我的提琴老师手拿一个小叫锤，在一块燃得通红的铁上东敲敲，西敲敲，旁边的徒弟挥着大锤，在老师敲到的地方重重地锤几下。这就是我眼中的打铁，是俗话中天下最苦的行当之一。我想起老师在教我拉半音的时候，告诉我两个手指是可以挨着的，可是他自己拉的时候，因为手指粗，只好在两个手指间稍稍移动。因为那是一双打铁的大手。

那一次，我才幡然醒悟，谢亮华身上挥之不去的黯淡情绪从何而来。小提琴和打铁，是多么风马牛不相及的事！

那天真巧，有人给老师送来一袋田鸡（青蛙），他让我拿了田鸡先去他的知青屋，还特意关照我把田鸡杀了等他回来烧。

我不会杀田鸡，只有摸索着，杀、剥皮、把肚子里的东西清理干净。哪知等老师到家一看，傻眼了，我把他最喜欢吃的田鸡肚子里的东西全扔了。他一个劲地喊："巨大损失！巨大损失哎！"喊得我巴不得有个地洞可以钻。

那一次，我特别紧张，琴自然没拉好。他一声不吭地去河里洗东西。我心里很惭愧，练了那么久也没起色，很是气馁。或许是对自己生气，或许是老师没在旁边身心放松了，我拿起提琴，快速而放松地拉了起来。等老师从河边回来，他什么话也没说，就给了我新的练习曲。我心中一阵释然，知道这次的课程合格了。

谢亮华是我踏上社会以后的第一个启蒙老师，他才华横溢，除了拉得一手好提琴，还能画画。他曾给我们几个知青画过肖像，那么传神，跟照片不相上下（这是那个年代我们评判绘画水平的标准）。因为这个本事，他还曾经帮当地的老农画遗像。不仅如此，他还写得一手好文章，报纸上常常有他的名字。他在震洲纸业有限公司（前身是小梅纸浆厂）工作时，由他作曲的厂歌，当年还在社会上广为传唱。但是他命运坎坷，因为受父亲身份的牵连，生活艰苦、性格压抑、精神苦恼，唯有用琴声宣泄自己的愁烦。

后来老师上调，年龄已经大了，成家就成了一件迫在眉睫的事。那年他不无沧桑地告诉我，认识了一个和他一样的知青，很善良，他很快就要结婚了。他的原话是："她不嫌弃我又老又穷，我已经很满足了，以后你就叫她燕芳姐姐吧！"

的确，我的师母燕芳姐姐是个贤妻良母，她一心一意地操持着她的家，精心照顾我的老师，使他有更多的时间沉溺在自己的爱好里。即便单位那么不景气，我的老师依然能用他拉提琴的一技之长为家庭挣来票子，改善生活。我崇拜我的老师，爱屋及乌，我喜欢我的师母燕芳姐姐，在心里把她当亲人一样敬重。我常常想，谁要敢伤害她，我必率先攻之。

五 行思坐想

我的老师教给了我很多除了小提琴以外的人生经验,当然更多的是我从他身上感悟到的一些东西,至今受益匪浅。时至今日,那种敬重和崇拜依然放在心里,然而我面对老师却连一句感谢的话都没有,甚至都没有正经地叫过一声老师。我不知道为什么面对我心目中那么重要的人,语言那么吝啬。真的,我不知道。也许,一些放在内心深处的东西才弥足珍贵吧!

难忘根度

根度是一个女人的名字,确切地说,她是我插队时同一个生产队的妇女。我认识她的时候,她30多岁,是3个孩子的妈妈。

我叫她根度阿姨,叫得有些尴尬,因为她的几个孩子叫我阿姨呢!

可是她的丈夫三毛已经很老相了,我们都叫三毛伯,根度便也跟着被我叫阿姨了。

根度阿姨长得并不难看,要不是那嘴里往外扎的虎牙,她甚至可以算是个美女。这一点,从她女儿的身上就可以得到印证。

那时候我们常常一同在田里干活,她不像其他妇女那样喜欢家长里短、叽叽喳喳。重要的是,她不传闲话,不惹是生非,话说得很少。除了这些,她和村里的其他妇女一样干着农活,说着口音相同的语言,看不出她和当地人有什么不同,可她却是个地道的苏州城里人。据说她是20世纪60年代初那场饥荒的牺牲品,为了活命,

五 行思坐想

为了一口粮食,就嫁到了农村。村里和她一样从苏州嫁过来的女人共有3个,就数她的家境最差。

熟悉了以后,她常跟我们谈起她的家乡苏州,谈起苏州的种种美,谈起她家里的妹妹小梅。她说,她的妹妹小梅和我们差不多年纪,在苏州手表厂上班。末了她很肯定地说:"你们应该成为小姐妹。"她说的小姐妹,就是我们今天在说的"闺蜜"。她在说这些的时候,我看到她眼睛里闪耀着光芒。不难发现,她骨子里藏着深深的城里人情结。

我惊奇地听她说起天堂般秀丽的苏州,心向往之。只可惜口袋里连买张车票的钱都没有。根度马上说:"没关系,我可以带你去的。你带上10斤米,到了那边,我帮你卖掉,就有四块钱,玩苏州足够了。"

我就这样跟着根度阿姨到了苏州,见到了她的妹妹小梅,诚如她所言,我们很自然地成了"小姐妹"。

她们家在苏州的市郊,房子相对宽敞,有一个院子,我和她的妹妹小梅住同一个房间。

当天晚上,根度就帮我把米卖了出去。我拿着生平第一次属于自己的四块钱,心里美滋滋的,逛苏州有了底气。

小梅那个时候已经在手表厂上班,上夜班的时候她就趁白天的空闲陪我玩苏州，旅游图上标的景点我们几乎玩了个遍，吃的用的，多半是小梅掏的钱，所以，那卖米所得的 4 元钱还有剩余。

从苏州回来，根度已经把我当成了她没有血缘关系的"亲戚"。有一次， 她邀请我和另一个知青到她家吃饭。

那天我们去她家，没有看到她要请客的迹象，因为我们在饭桌上没有看到什么菜。到了吃饭时间，根度把我们引到一张破旧的写字台前，才发现那上面放着一口锅，里面是一只整鸡，锅盖一揭，那个香啊！原来她就是请我们吃鸡，而且是一整只，就我们两个知青吃。

面对着墙壁，对着一大锅香喷喷的鸡，我们吃得津津有味，旁边只有根度看着我们吃并一个劲地劝我们多吃点。她的 3 个孩子和三毛伯不知到哪里去了。

这是我第一次在一个并不富裕甚至是穷人的家里吃饭，而且是这样特殊的一顿饭。肚里缺少油水的我们几乎把整锅鸡全吃了。

30 年后回忆起这个情节，除了酸涩就剩下无地自容了。

后来我考上城里的技校，终于摆脱农村生活，回城里上学了。和根度的联系自然也少了，却和她的妹妹小梅成了好朋友。暑假的时候，我会去苏州玩，小梅上班的日子，我会独自在拙政园逗留一整天。

五 行思坐想

年轻真的是笔巨大的财富，它让我自负到总喜欢一个人逛景点。我拿着小梅借来的红梅牌相机，把自己想象成一道风景，对好角度，调节到自动设置，然后快步跑到设计好的位置，为自己照了很多照片。那些照片里的我，志得意满，脸上写满了青春的快乐。

我毕业后分配进了工厂，依然管不住自己的脚，还带了同事去苏州玩，想着苏州有我的姐妹小梅。再后来，我结婚生子，忙自己的家事，和小梅就疏于往来了，和根度更是断了联络。

二十几年前，我由市少年宫借调到团市委上班，根度竟然找到了我的办公室。

她是为了儿子的案子来找律师的，却发现了骑车进政府大院的我，于是，追了进来。

这才知道，她儿子闯祸了。在她的叙述中，我知道了事情的大概。

某天晚上，他儿子在朋友家看电视，半夜的时候，朋友让他帮忙去厂里拿些铝合金，其实是不问自取，他竟然去了。结果是，铝合金没到手，他却在中途被人发现，吓得回家躺了3天以后被抓去了。

当时他们偷的铝合金折合人民币4000元，按标准的法律语言表达，叫案值4000元，够上判刑了。

根度没有想到有那么严重，她的想法很简单，不就是朋友让帮忙的吗？又不是主犯，况且作案也没有成功，作为案值的铝合金也全数还回去了，工厂里并没有损失分文。孩子不懂事是真，关几天接受接受教育也好，以后就懂事了。

可是，过了几个月，儿子没有出来，倒是收到了一张法院的判决书，判她儿子五年半徒刑。

这个时候，根度才如遭晴天霹雳，懵了，赶紧找律师，却被告知，已经无法挽回。唯一的办法，只有打官司，她哪来的钱啊？

她看到我的时候，正在律师那儿不知所措呢，于是，就像捞了根救命稻草一样地找来了。

我想起同学的叔叔懂法律，常常帮别人起草起诉书的，连忙拿了那张判决书去找了同学的叔叔。

姚叔叔虽然瘫痪20多年了，却一直在家研修法律。业余还帮助别人打官司。姚叔叔问明情况，再看了判决书，马上说，这个官司都不用打，肯定是判错了。稍微专业的人就可发现判决书上的"硬伤"。简言之，就是适用刑律错了，他们把一个初犯当惯窃判了。

判决书上明确说根度的儿子是第一次作案，而那个请他去帮忙的人是个惯窃，法院就把他们两个人一起判了，适用的是针对惯窃的刑律。还说根度儿子态度好，少判点，比那个惯窃少了半年。

我的天哪！法官怎可以这样草率行事？判决书上写得明明白

五 行思坐想

白，一个是惯窃，一个是初犯，怎么可以适用共同的犯罪条律呢？

我国刑法对于惯窃和初犯，适用的刑律有很大差别。

当时，我天真地以为，这是可以翻案的。

然而我错了。

是的，法官承认判错了。但他们又说："毕竟他是犯了法的，而且案值四千元也是个不争的事实。"最后，明确告诉我："不可能改判，程序太复杂。除非死刑或20多年的大案，才可能重新审理。"我刚刚燃起的希望之火，就这样被轻易地浇灭了。

这件事让我感叹，以个人的力量要去改变某种程序，搏击某种制度，是多么不自量力！

看着根度的背影，我为自己的无能感到悲哀。

这以后，我只有尽自己的力量，去给那个在牢里的孩子多些关怀，想方设法为孩子争取到了一个轻松点的工作。

后来，那个孩子表现好，提前半年出狱了，再后来就听说那孩子也娶了老婆，是一个外地女孩。因为一个有前科的年轻人，在当地是很难找到对象的。

有一年冬天的半夜，家里的电话激烈地响了起来，接了电话才知道是根度，她告诉我："她的孙女刚送进医院，要住院，缺钱。"

我一听,拿了钱就往医院奔。到了医院,医生诊断孩子得了急性肺炎,他们带的钱显然不够,于是,我就帮他们垫付了。临走,我坚持给根度留下两千块钱,她看着那些钱怎么也不肯要,只肯拿50元,我告诉她,孩子住院不是一天两天,钱放在身上方便。好说歹说,她总算拿了1000元,还一再叮嘱我把余下的钱放好。

没过几天,她就巴巴地赶来,把钱还我。

其实,那钱当时说好了是给她的,没说是借,可是她还是这么心急火燎地还回来了。

我知道她没钱。不然不会那么慎重地叮嘱我把钱放好,她是生怕我把钱丢了。在她的眼里,那1000元钱是个巨大的数目。

她是个普通的家庭妇女,没有什么文化。命运捉弄人,把一个原本土生土长的城里人,变成了一个彻头彻尾的乡下穷人,然而她的内心却又那样的富裕,充满了浪漫情怀。试看,有谁能像她这样,把个"钱"字看得那么神圣又那么豁达?这种根植于骨子里的"贵气",让我想到了"富贵不能淫,贫贱不能移"和当下的物欲是多么势不两立。

如今的根度,不知道怎么样了?她也该是60多岁了吧?她生活得好些了吗?在我的第二故乡,根度是我最为牵挂的人。

五 行思坐想

享 受 秘 密

插队3个月以后,就到了冬天的农闲季节,通常,公社里会从各大队抽调一些文艺骨干,集中到公社排练节目,然后在全公社巡演。

有一天晚上,我从大队老知青那里听说,公社马上要组织文艺培训班,通知也快下来了,我们大队里有两个名额。我很惊讶地发现,那两个人里没有我。

在我的想象中,这几乎是不可能的。从小学一年级开始,我一直是班里的文艺骨干,只要学校宣传队排节目,只要有班里人,那必定有我。我至今清晰地记得自己是如何被挑选进学校宣传队的。那是在小学一年级的时候,参加了班里的一个舞蹈演出,说白了是个很简单的集体舞,表演结束后,我就和班里的几个同学被挑选去了学校宣传队,就此奠定了我作为校宣传队员的基础。从此,我常常在放学以后被通知留下来参加学校宣传队的排练,尽管那个时候校宣传队的人从一年级到六年级的都有,像我这样年龄小的只有缩在最后,成不了主角,但这个校宣传队员的身份却一直跟随着我,直到离开学校,包括后来的初中和高中阶段。所以,对于公社为什么不选我参加宣传队,我实在有些想不明白。

对于自己有专长却没有发挥的舞台,我很失落。想起下乡以前、高中毕业前夕,我的母校湖州中学还专门设立培训班,根据每个学生的特长进行专业培训,是为更好地学到本领,到社会的大熔炉中接受贫下中农的再教育。我当时很喜欢写作,所以报名参加了写作班,却因为学校要排练节目参加比赛,被抽调去参加排练节目,歪打正着地参加了文艺培训班。除了跳舞,还学习了识简谱、五线谱等技能,可是,我学到的东西却不能为贫下中农服务,这怎么行呢?我必须参加宣传队!想到这里,我为自己要进公社宣传队找到了理由,于是,我连夜给公社王书记写了封信,大意是:我在学校的时候,接受过文艺方面的培训,就是为了到农村来为贫下中农服务的。可是,我听说公社组建宣传队没有我,所以希望领导给我机会。我一定好好排练,为贫下中农演出。

信是写了,可是怎么交给王书记呢?想来想去,我觉得只有把信放在自己的口袋里,随时带在身边,若能碰到王书记下来检查工作,就当面交给他。

也是我运气好,第二天我在田里干活,正巧王书记他们下来检查工作,从我干活的田边走过,我赶紧跳上田埂,追上王书记,把信交给了他。

后来,当通知下达的时候,果然有了我的名字,我便顺利地进

五 行思坐想

了公社宣传队。

我原以为这个秘密除了公社王书记外不会有人知道。毕竟当时这样做还是有些害羞的,担心别人知道了对我有看法。可是,生活就是这样玄乎,怕什么来什么。一次,我在宿舍休息的时候,一个回乡知青说到了我是怎么进入宣传队的。他的话语很淡,没有我担心的讽刺,但我心里还是"嗵嗵"地跳了很久,有种做了亏心事的感觉,甚至恨不得找个地洞钻进去。他的原话是:"这个细倭头(当地对小姑娘的称呼)很能干,她是给王书记写了封信,才进来的。"听了那话,我想:幸亏我舞跳得还不错,并被认为是尖子,马上安排了双人舞的排练,要是舞技平平只能在舞蹈队里跑跑龙套,那就脸丢大了。

这是封存我内心已久的秘密,从不轻易示人,因为即便是换做今天的我,还是感觉这样做略显羞涩。我至少要考虑考虑,这样推销自己,会不会被认为是想出风头?现在想起来,这实在是一招险棋。如果王书记不相信我,或者根本不把这封信当回事,那么我人生中对于命运的第一次争取,很可能无疾而终,如若是这样的话,我的自信心就会被击得粉碎,接着,这种失败感会影响我一生。

很幸运,我碰到了一个好领导,他没有把我想象成这样做的目的是为了摆脱繁重的体力劳动,而是无条件相信了我的话,当即向负责文艺工作的公社领导推荐并让我参加宣传队。

如今回忆起来,我猛然醒悟,当年排练的时候,是有领导过来问:"这个'细倭头'跳得怎么样?"当听到教我们舞蹈的朱老师满意地说跳得很好以后,才放心地离开。

或许人生就是这样地充满了玄机。十几年之后,当我辗转很多单位到粮食局财务科工作时,又碰到了当年的老领导王书记。那时他已经从职位上退下来了,当我跟他说起当年的这件往事时,他居然想不起来了。也许,在他的为官生涯中,这只不过是微不足道的一件事。但是,他的从善如流,以及扎实的工作作风,却改变了一个初涉人世的女孩子的世界,使她在未来的人生中充满了自信。这也许不是王书记所能想到的。我至今想起他,脑海里还是他带了秘书,卷着裤腿,一副劳作之后匆忙走在乡间小路上的身影。可惜他早在多年前就去世了。我唯有希望他泉下有知,能听到我对他说一声:"谢谢您,王书记!如果我今天还能对自己有点信心,那全是您的功劳。"

这件事距今已经30多年了,如若不是重拾知青这个话题,它也许永远封存在我的记忆里了。

时间真的是一剂良药,它让我有勇气说出这个秘密,并享受了青春期那段以苦为甜的日子,当我今天在这里说出这件事的时候,我的心情是坦然的,因为我终于明白,当初这样做的动机是纯粹的、不带任何功利的,是任何一个怀有梦想的女孩子都想做的。

在那个激情可以燃烧的年代,因为王书记,一个羞涩的女孩有了自信。因为有了这样的秘密,这才是真正的岁月静好。